虚无的十字架

虚ろな十字架

东野圭吾

ひがしのけいご

C\|S 湖南文艺出版社
HUNAN LITERATURE AND ART PUBLISHING HOUSE

博集天卷
CS-BOOKY

〔日〕东野圭吾 —— 著　王蕴洁 —— 译

图书在版编目（CIP）数据

虚无的十字架 /（日）东野圭吾著；王蕴洁译. —
长沙：湖南文艺出版社，2018.7
ISBN 978-7-5404-8741-6

Ⅰ. ①虚… Ⅱ. ①东… ②王… Ⅲ. ①长篇小说—日
本—现代 Ⅳ. ①I313.45

中国版本图书馆CIP数据核字（2018）第123624号

著作权合同登记号：图字 18-2015-070

上架建议：畅销·外国文学

XUWU DE SHIZIJIA
虚无的十字架

著　　者：[日]东野圭吾
译　　者：王蕴洁
出 版 人：曾赛丰
责任编辑：薛　健　刘诗哲
监　　制：蔡明菲　邢越超
特约策划：闫　雪
特约编辑：李乐娟
版权支持：孙宇航
营销支持：张锦涵　傅婷婷
版式设计：利　锐
封面设计：尚燕平
出版发行：湖南文艺出版社
　　　　　（长沙市雨花区东二环一段508号 邮编：410014）
网　　址：www.hnwy.net
印　　刷：北京中科印刷有限公司
经　　销：新华书店
开　　本：880mm×1270mm　1/32
字　　数：203千字
印　　张：9
版　　次：2018 年 7 月第 1 版
印　　次：2019 年 5 月第 3 次印刷
书　　号：ISBN 978-7-5404-8741-6
定　　价：49.80 元

若有质量问题，请致电质量监督电话：010-59096394
团购电话：010-59320018

目 录 ——————

虚 ろ な 十 字 架

虚 ろ な 十 字 架

井口沙织几乎没有关于母亲的记忆，因为母亲在她懂事之前，已经离开了人世。她记得上幼儿园时，每次看到其他小朋友的妈妈来接他们下课时就羡慕不已，忍不住纳闷为什么自己没有妈妈。上了小学后，终于知道母亲在她三岁时因病去世。五年级时，才得知母亲因罹患脑肿瘤去世。当时，母亲只有三十一岁。

"你妈妈很会做菜，是一个温柔体贴的女人。她属于健康型，所以我做梦都没有想到，她竟然会生那种病。"父亲洋介经常这么对她说。

洋介是一家化工制品公司的技术人员，总公司在大阪，他任职的富士工厂位于邻町的富士宫市，所以每天早上都开车去上班。

　　小学四年级之前，沙织每天放学后，都去公立的托管班。洋介每天都在托管班下课后的六点半才急急忙忙来接她，一看到父亲出现，她总会松一口气。

　　升上五年级后，无法再去公立托管班，学校放学后，沙织就直接回家。因为她不再觉得独自在家是一种痛苦——看看书，看看录像带，时间很快就过去了。虽然她不是没有朋友，但她很喜欢这样独自在家。

　　洋介从那个时候开始晚归。在此之前，他每天都会为沙织做早餐和晚餐，但渐渐地，他越来越没有时间下厨。有时候洋介在下班时买便当回来当晚餐，有时候沙织叫了比萨，一边吃比萨，一边等父亲回家。

　　不久之后，她终于想到可以自己下厨。有一天，她去超市买了食材，看着从图书馆借来的食谱，做了洋芋炖肉和味噌汤，和刚煮好的饭一起端上了晚餐的餐桌。洋介那天难得早回家，看到桌上的菜，双眼发亮地连声称赞："太厉害！太厉害了！"虽然洋芋炖肉太淡了，味噌汤也不太好喝，但沙织想到帮了父亲的忙，就觉得很高兴。

　　那天之后，井口家的早、晚餐都由沙织负责。当然，她不可能每天都下厨，所以，有时候会在洋介出门上班前对他说："爸爸，对不起，今天晚餐请你在外面吃完再回家。我会去便利商店买三明治。"

　　除了下厨，打扫和洗衣服也都由沙织一手包办。她丝毫不以为苦，反而乐在其中，也许是因为她很喜欢做家务。

　　"沙织，你以后一定可以当一个好太太，等你出嫁后，爸爸也就放心了。"洋介经常心满意足地对她这么说，这几乎已经成了他的口头禅，但是，他每次都不忘再补充一句："不过，你除了家务以外，还有很多该做的事。首先要好好读书，只要读好书，你就一定可以得到幸福。家里的事和爸爸可以摆在第二位。"

可能是因为洋介看到女儿学会做家务后放了心，他下班回家的时间越来越晚，也可能是因为工作越来越忙。即使回到家，仍然经常接到工作上的电话，假日加班的次数越来越多，也经常出差无法回家。

沙织上中学时，对洋介而言，家渐渐变成只是睡觉的地方而已，父女之间也很少有机会好好聊天。

某个星期天，洋介又像往常一样出门上班。沙织去超市买晚餐的食材前，去了经常光顾的那家录像带出租店，她打算租一部之前一直很想看的电影。

她知道那部电影的录像带放在哪一个陈列架——就在挂着写有"科幻·惊悚"牌子的地方。当她走到那个架子前，却没有看到那部电影的录像带。即使被人租走了，盒子也应该还在架子上，如今架上连盒子也没有，未免太奇怪了。

这时，一名年轻的男店员刚好经过，她叫住了店员。"对不起，我记得《异形附身》之前放在这一区。"

"《异形附身》吗？对啊，就在这里啊。"店员看向架上，"咦？奇怪，怎么没有了。"

就在这时，旁边有人问："呃，请问是这一部吗？"

沙织看向声音的方向，忍不住大吃一惊。因为一脸歉意地递上录像带盒的人竟然是仁科史也。

"啊！"沙织叫了一声，然后小声地回答："对。"她的全身情不自禁地紧张起来。

"原来被人抢先借走了。"店员用轻松的语气说完,转身离开了,只剩下沙织和史也两个人留在那里。

"嗯,"史也看着录像带盒问,"这部片子好看吗?"

沙织微微偏着头:"不知道……"

"但你不是想借这部片子吗?应该觉得好看,才会想借吧?"

"是啊,但没有看之前,还是不知道……"沙织说话时的尾音微微颤抖。

"嗯哼。"史也用鼻子发出声音,再度看着录像带盒,然后似乎下定了决心,递到沙织面前。

"给你。"

"啊?"她不知道史也的这个动作是什么意思。

"你先看吧,我只是随手选到这一部。"

"不用啦,没关系。"沙织摇着手,慢慢后退,"真的没关系,这……没关系啦。"她有点语无伦次。

"你不用客气,如果好看的话再告诉我,我再来借。你是不是我们学校二年级的?我以前见过你。"

沙织更惊讶了。因为她完全没有想到,史也竟然认识自己。她不知道该如何回答,默默点了点头。

"给你啦。"史也再度把录像带盒递到她面前。沙织找不到拒绝的理由,向他道谢后收了下来。

"你经常来这里吗?"仁科史也问道。

"对,有时候……"

"我也常来，那下次遇见时，记得告诉我感想。"

"好。"沙织回答，但懊恼地发现自己的声音有点沙哑。

接下来的一整天，她都兴奋不已。她回味着和史也之间的对话，时而雀跃不已，时而忍不住沮丧，觉得自己应该回答得更得体些。

沙织很惊讶史也知道自己是学妹，虽然她之前就已经认识史也了。不，这么说不够准确，应该说，之前就对他有好感。

在她读一年级那年的九月，她第一次注意到仁科史也。那天放学后，她在操场角落散步时，看到一个男生正在把沙坑里的沙子铺平——沙织之前也曾经见过他，知道他是学长。

他把沙子铺平后，慢慢远离了沙坑。走到和沙坑有一定距离的位置后，稍微做了一下热身运动。然后注视沙坑片刻，下定决心跑了起来。他冲刺的速度快得超乎沙织的想象。

他快速奔跑后，在沙坑前跳了起来。他的手脚在空中舞动的样子深深烙在沙织的视网膜上。

落地之后，他面无表情地站了起来，拿起"T"字型的工具，再度像刚才那样把沙坑整平。铺平之后，他再次走向起跑点。

他一次又一次重复着相同的练习。沙织目不转睛地看着他。她不知道自己为什么无法移开视线，如果不是刚好经过的同学叫她，她可能会一直看下去。当同学问起时，她谎称在看沙坑后方正在进行的足球练习赛。

她很快就知道他是比自己大一届的学长，是田径社的选手，也立刻知道了他名叫仁科史也。

沙织搞不懂自己为什么会在意他，也不知道为什么每次想到他，内心就不由得小鹿乱撞。她暗自猜想，这可能就是别人说的单恋吧。然而，她完全不知道该如何处理这种心情，猜想八成会无疾而终——对一个中学生来说，她极其冷静地分析了自己的状况。

没想到一年后，情况突然发生了变化。她竟然和心仪的仁科史也说话了。

回家后，她立刻看了租借的录像带，也很期待在学校见到他，希望和他分享对那部电影的感想。虽然她好几次在校内遇到史也，但每次他都和同学在一起。沙织没有勇气在有旁人的情况下靠近他。

最后还是在录像带出租店，找到了说话的机会。为了遇见他，她一有空就去那家录像带出租店。

"嗨！"史也语气开朗地向她打招呼，"那部电影怎么样？"

"超好看，你一定要看。"

"真的吗？好，那我也要租。"

他头也不回地走向放那盒录像带的陈列架。

租完片，沙织和他一起走出那家店，聊着最近看的电影，走向相同的方向。虽然沙织的家在另一个方向，但她不好意思说出口。当然，另一个原因，是她想和他在一起。

附近有一个公园，史也提议在长椅上坐着聊天。沙织没有理由拒绝。他又去旁边的自动贩卖机买了果汁请她喝。

他们聊了很多，学校的事、音乐的事、电影的事，还有各自的家庭。史也得知沙织只有父亲，露出有点惊讶的表情。

"你自己下厨吗？真厉害。"

"一点都不厉害，而且我煮得很难吃。"

"很厉害啊，我什么都不会。哦，原来是这样。"

史也一脸佩服的表情，沙织暗自得意，很庆幸自己平时经常下厨。

快乐的时光总是过得特别快。当她回过神时，发现天色已经暗了。

"差不多该回家了。"史也说道。

"对啊。"

没想到他说了一句沙织意料之外的话："我送你回家。"

沙织太惊讶了，脱口说了违心的话："不，不用了。"

"为什么？你不希望我送你吗？那就算了。"

她这才终于发现，一旦拒绝，就不会再有第二次机会了。

"……那就麻烦你。"

"嗯。"史也点了点头，从长椅上站了起来，然后有点不好意思地问，"我可以打电话去你家吗？"

"哦，好啊。"

沙织说了电话号码，他当场蹲了下来，把数字写在地上后，嘴里念念有词。沙织伸长了耳朵，发现他在用谐音背号码。

"好，记住了。"说完，他站了起来，把号码念了一遍。完全正确。

他真聪明。沙织暗想。

史也留下了他的呼叫器号码。他有很多家人，沙织不想打电话过去，所以这正合她意。

四天后的星期四，沙织接到了史也的电话。沙织兴奋不已。因为她正在担心，觉得也许他根本不会打来。

他在电话中说了对之前租的那部电影的感想，他说，他无法克制内心的兴奋，迫不及待想要告诉别人这部电影有多好看。

"但如果对方没有看过这部电影，聊起来就会很无趣。我们要不要约在哪里见面？"

沙织的心用力跳了一下，然后心跳加速："好啊……"

他指定了时间和地点。沙织完全没有意见。无论什么时候，她都愿意去任何地方。

星期六，他们约在超市的屋顶广场见面。聊完《异形附身》后，他们又聊了很多事，沙织暗自对自己这么健谈感到惊讶。

"下次还可以见面吧？"临别时，史也问她。

"嗯。"沙织回答。那天之后，她对史也说话时不再用敬语。

之后，他们每个月见面两三次。虽然史也正在准备考高中，但他经常瞒着喜欢碎碎念的母亲，抽空和她见面。

每次见面，沙织就发现自己越来越喜欢史也。有一次，她鼓起勇气问："你觉得我怎么样？"问完之后，她立刻脸红了。

她没有勇气正视他，忍不住低下了头，但察觉到史也看着自己。

"很喜欢啊。"

听到这句话的瞬间，沙织觉得整个人都轻飘飘的。

第一章　　　我很庆幸离婚了

那天是九月二十一日，星期四。

1

将近下午一点时，外面的停车场传来引擎声。三楼的办公室内，坐在计算机前的中原道正起身向窗下张望，一辆深蓝色的休旅车正倒车进入停车场。

中原拿起放在桌上的佛珠，整了整领带，走出了办公室。

他走下楼梯，来到一楼，发现神田亮子等在那里。她看起来很年轻，今年四十岁的她是中原得力的助手。

"齐藤家的人来了。"

"嗯，我知道。"

建筑物的入口是玻璃门，中原和神田亮子并肩站在门内。

不一会儿，一个年约四十岁的男人，和一个看起来像他妻子的女人，以及另外两个应该是他们儿女的少年、少女走了进来。少年有十五六岁，双手抱着比装橘子的纸箱稍浅一点的纸箱。一家四口都面色凝重，个子娇小的少女双眼通红，可能前一刻还在哭。

"我是齐藤。"男人对中原自我介绍。

"恭候各位已久，请节哀顺变。"中原鞠了一躬，看着少年手上的纸箱说，"呃，那就是……"

"对，我们带来了。"

"它叫什么名字？"

"奥雷。"

"我可以跟奥雷打一声招呼吗？"

"好，请便。"

中原接过纸箱，放在旁边的桌子上。双手合掌后，缓缓打开了盖子。

里面躺着一只深棕色的猫。身体四周放了保冷剂，猫闭着眼睛，四肢伸得很直。

"它的表情很安详，"中原说，"离开前没有痛苦吗？"

"不知道。"齐藤偏着头说，"那天我们外出回家，不见它的身影。虽然它走路不方便，但平时都会出来迎接。那时就觉得不太对劲，四处找它，最后发现它躺在衣柜里，身体已经冰冷了。当时它睁着眼睛，用手指抚摸了它一阵子，它才闭上眼睛。"

这种情况很常见。中原点了点头。

"它是因为生了什么病，所以走路不方便吗？"

"它肾脏不好，所以要定期去医院报到，但最大的原因是它年纪大了。"

那只猫十八岁了，算是长寿猫。所以，可说是寿终正寝。

"深表哀悼。"中原再度低头鞠躬。

礼仪室位于二楼。那是一间模拟教堂的西式房间，但只点了几根蜡烛，没有任何令人联想到特定宗教的摆设。中原把装着老猫遗体的盒子放在小小的祭坛上。

"离火葬还有一点时间，请你们在这里和它最后道别。"中原说完，转身回到一楼，室内只留下齐藤一家人。

神田亮子正在挑选花。那些花要放进棺材。棺材虽然很小，却是桐木材质。齐藤家挑选了顶级的火葬服务，奥雷生前一定备受宠爱。

"不知道他们打算怎么处理骨灰？"中原问。天使船这里有以年度方式出租的纳骨室，可以寄放宠物的骨灰。

"他们要带回家里。"

"哦。"

这样也好。中原心想。因为有不少饲主把骨灰寄放在这里之后，就不曾来看过。

时间到了，他带家属前往火葬场。火葬场位于大楼的停车场内，是一栋水泥的四方形建筑物。

中原在火葬场入口把猫的遗体从纸箱移到桐木棺材内。因为一直用保冷剂冷却的关系，遗体冰冷，伸直的四肢僵硬。神田亮子把装了鲜花的水桶递到家属面前，齐藤一家人小声交谈着，把花放在爱猫的周围。他们似乎已经面对了现实，每张脸上都露出轻松的神情，不时展露笑容。

众人合掌送别，小小的桐木棺材消失在火化炉中。负责火葬的是一位资深操作员，他一定会烧得很干净。

中原把家属带去休息室后，回到了三楼的办公室，坐在计算机前。这次要推出新的宣传简介，只是迟迟无法定案。为了节省经费，再加上他之前有过相关的工作经验，所以这次没有发外包。

干脆设计得华丽一点——正当他暗自这么决定，准备移动鼠标时，放在桌上的旧式手机振动起来。

他看了来电显示，是一个陌生号码，忍不住偏着头纳闷，但还是接起了电话。

"喂？"

"啊，喂？请问是中原道正先生吗？"电话中传来一个沉稳的声音。中原以前在哪里听过这个声音。

"是。"他充满警戒地回答。

"不好意思，在你上班时间打扰，我是警视厅搜查一科的佐山。"

"佐山……先生？"他恍然大悟，"该不会是那个时候的佐山先生？"

"没错，原来你还记得。我就是当时负责侦办那起案子的佐山，好久不见。"

乌云在中原的内心急速扩散。不愉快的回忆苏醒，同时他产生了不祥的预感。他为什么打电话给自己？

"有什么事吗？"中原努力挤出声音，"那起事件应该都结束了。"

"没错，那起事件已经结束了，今天联络你，是为了另一件事。关于你太太的事。"

"我太太……"

"啊，对不起，听说你们离婚了。"

"是啊……"中原不知道该说多少，况且，有必要向这名刑警解释吗？"小夜子怎么了？"那是他前妻的名字。

"对，不瞒你说，"刑警停顿了一下，又继续说道，"她在昨天晚上过世了。"

中原忍不住倒吸了一口气。刑警说的那句话，让他的脑海中一片混乱，一时说不出话。

"喂？"佐山在电话中叫着，"喂？中原先生，听得到吗？"

中原握紧手机，在内心叹了一口气。

"是，听得到。小夜子去世了，所以呢……"他在说话时，发现了一个重大的事实，"佐山先生，你还在搜查一科吧？既然是你打电话通知我，该不会……"他无法继续说下去。

"对，没错，"佐山痛苦地说道，"既然我们出动了，就代表有他杀的嫌疑。昨天晚上，滨冈小夜子女士在家附近被人刺杀身亡了。"

挂上电话的一小时后，佐山来到天使船。齐藤家爱猫的火葬已经结束，但还没有捡骨，中原已经交代神田亮子和其他人接手后续的工作，他和佐山面对面坐在办公室内的沙发上。

好久未见的刑警似乎胖了一圈，感觉比之前更有威严和分量。中原看了片，发现他目前是巡查部长，但不记得他之前是什么职位。

中原在杯中泡了日本茶的茶包后端到佐山面前。"不好意思。"佐山微微欠了欠身。

"来这里之后，我有点被吓到了，"佐山喝了一口茶后说道，"因为我没想到你目前在做这种工作，我记得以前是……"

"我以前在广告公司，主要负责设计工作。"

"啊，没错，什么时候辞职的？"

"差不多四年前……不，快五年了。"中原努力回想后说道，然后又补充说，"在离职前不久，和小夜子离了婚。"

啊。佐山微微张了张嘴。

"话说回来，真是太惊讶了，"中原低着头，握紧双手，"没想到她会发生这种事，到底是怎么回事？"

"我也很惊讶，真的太可怜了。"

中原抬起头。

"你在电话中说，是遭人刺杀……"

"没错，呃，"佐山打开记事本，"案发地点位于江东区木场的路上，干线道路旁有几栋公寓，就在公寓的后方，那里很少有人经过。你太太……不，滨冈小夜子女士就住在那栋公寓，后方也有入口，也许她打算从后门回家。"

"她一个人住吗？"

"对，她独自住在一室一厅的公寓。"

"你刚才说，是昨天晚上发生的？"

"对，昨晚九点时接获民众通报，说有一个女人倒在路边。在接获通报的同时，救护车也立刻出动，但滨冈小夜子女士在到院前死亡。"佐山抬起头，"她的后背被锐利的刀刺中，伤口深及心脏。验尸官认为，如果不是很用力，无法刺得那么深。"

"凶手……还没抓到吧？"中原向刑警确认。

佐山撇着嘴角，轻轻点了点头。

"虽然立刻在警务系统发布了紧急动员令，但目前尚未发现任何可疑人物，今天上午成立了特搜总部，搜查一科派我们这个股加入了特搜总部。我看了特搜总部的搜查数据，才知道被害人的身份。"他把茶杯举到嘴边，喝了一口后，又放回了桌上，"一开始，我并没有发现她是你太太，因为她的姓氏和以前不一样，但看到相片后，我很快就想起来了。"佐山说到这里，摇了摇手说，"对不起，是你的前妻，我一直说错。"

"没关系，"中原说，他不会因为这种事心情不好，"为什么会来找我？因为我是她前夫？"

"没错，就是因为这个原因。"佐山有点尴尬，"我被分到关调组，负责调查被害人的人际关系，所以要调查被害人的家人和朋友，但我一直放不下你这条线索。"

中原吐了一口气，抓了抓头："我帮不上忙。"

"是吗？"

"因为离婚后，我们从来没见过，我甚至不知道她住在哪里。"

"也许吧，但我还是想请教你几个问题。"

"那倒是无所谓……"中原皱起眉头，注视着对方的脸，"所以并不是随机杀人吗？"

"不知道，目前还不能排除这种可能性。滨冈女士被发现时，手上空无一物，连皮包也没有，很可能被凶手拿走了。虽然我刚才说，那里很少有人，但并不是完全没有，所以有不少意见认为，如果是为了钱财犯案，凶手应该会选择在更晚的时间犯案。"

"会不会是精神异常……或是吸毒的人所为？"

佐山摇了摇头。

"不可能，那种人不可能抢走皮包。况且，那种人很快就会被发现。"

中原觉得有道理，默默地点了点头。

"你刚才说，你们离婚后从来没见过？"

"对。"中原简短地回答。

"有没有电话联络？或是短信、写信之类的？"

"离婚后一年左右，曾经互发了几次短信，可能也打过一两次电话，但都是为了处理事情，从来没有聊过各自的近况。"

"为什么？"

"因为，"中原无力地苦笑着，"因为没有意义，我们是为了忘记彼此，才决定离婚的。"

"哦，原来如此，"佐山有点尴尬地用圆珠笔的笔尾搔了搔太阳穴，"所以，最后一次接触是……"

"差不多五年前，那时候她还住在娘家。"

"她是四年前搬到目前的公寓的。"

"是吗？我完全不知道。"

"你们离婚后，你和她娘家的关系也疏远了吗？"

"当然啊，因为没有理由联络。"

佐山皱着眉头，点了点头："关于命案，你有没有想到什么？"

"没有，但如果有人想要杀她，"中原目不转睛地看着刑警的脸，"应该是……蛭川吧？"

佐山睁大了眼睛，紧张的气氛像一阵风，从他们之间一吹而过。

中原突然笑了起来。

"当然不可能，他已经不在这个世界上了。如果是他的灵魂之类的在作祟，我也会有相同的遭遇。"

佐山不悦地把头转到一旁，似乎不知道该怎么回答。

"对不起，我说了莫名其妙的话。"中原向佐山道歉，他很后悔说了无聊的话。

"想必你当时很痛苦。"

听到佐山这么说，中原陷入了沉默。因为这个问题不需要回答。

"最后向你确认一件事，昨天晚上九点，你在哪里？"

中原屏住呼吸，眨了眨眼，看着佐山的眼睛。

刑警左右摇晃着圆珠笔，微微低头说：

"不好意思，这只是例行公事。"

"哦。"中原放松了肩膀的力量。

"我记得上次你也问了我的不在场证明。"

佐山默默点了点头，准备做笔记。中原回忆了昨晚的情况。

"我七点多离开公司，之后去经常光顾的定食餐厅吃了晚餐，我记得九点左右才离开。"

他的手机上有定食餐厅的电话，他向佐山出示了号码。

佐山写下号码后站了起来："谢谢，不好意思，打扰你工作了。"

"希望可以尽快破案。"

"是啊，我们一定全力以赴。"

中原重重地叹了一口气说：

"我可以说出目前正在想的事吗？"

"……想什么？"

"我很庆幸离婚了，很庆幸那时候和小夜子离婚了。"

佐山讶异地微微偏着头，中原对他说：

"如果不是当时已经离婚，我差一点再度成为死者家属。"

佐山露出痛苦的表情说："我深表哀悼。"

中原一语不发地鞠了一躬，茫然地想到，刑警所说的和自己刚才对猫的饲主说的话一样。

2

十一年前，中原成为杀人命案的死者家属。正如刚才对佐山所说的，他当时还在广告公司上班。

那天是九月二十一日，星期四。

当时，中原住在丰岛区东长崎的独栋房子。因为小夜子之前说，如果要买房子，不想买公寓，她想住独栋的房子。虽然他们买的房子不大，而且是中古屋，但屋主重新装潢过，中原也很喜欢。案发当时，他们才住了一年。

那天早上，中原像往常一样出门上班，小夜子和读小学二年级的爱美送他出门。爱美步行到就读的小学只要十分钟。

进公司后，上午开了会，下午和经常搭档的女同事一起去了客户的公司，和客户讨论即将推出的化妆品广告。

在和客户开会时，手机响了。他一看来电显示，发现是家里打来的。为什么这种时间打电话来？他忍不住想要咂嘴。因为他曾经交代妻子，如果没有大事，别在上班时间打电话给他。

他想要挂断电话，但临时改变了主意。

难道出了什么大事——他突然有一种不祥的预感。

手机不停地振动，他向客户和女同事打了一声招呼，离席去接电话。

一接起电话，他立刻听到了野兽般的叫声。不，一开始他根本不知道那是人发出的声音，只听到尖锐的杂音，他忍不住把手机从耳边移开，但随即惊觉，那是人的声音，而且是哭声。

"怎么了？"中原问。那时候，他的心脏跳动剧烈。

小夜子在电话中哭喊着。她语无伦次，说了一堆单字，却完全没有逻辑，但中原还是从这些支离破碎的文字罗列中，猜出了大致的内容，全身的汗毛也同时竖了起来。那是他不愿意去想，也绝对不希望发生的事。他握着手机，呆立在原地，头脑一片空白。

爱美死了。被人杀害了。

他说不出话，一阵晕眩，双腿跪在地上。

他对之后的记忆很模糊。八成回去向女同事说明了情况，但当他回过神时，发现自己在家门口。他隐约记得自己在出租车上一直哭，司机忍不住担忧地关心他。

住处周围拉起了禁止进入的封锁线。一个看起来像刑警的男人走了过来，盘问他的身份。中原回答后，刑警对像是他下属的几个人下达了指示。

下属问中原："可不可以请你跟我们回分局一趟？"

"请等一下，到底发生了什么事？"中原头脑一片混乱，忍不住问道。

"详细情况等一下再说，请你先和我们去分局。"

"那至少请你告诉我，我女儿……我女儿怎么了？"

年轻的刑警露出犹豫的表情看向他的上司，上司轻轻点了点头，年轻刑警对中原说：

"令千金过世了。"

中原感到一阵晕眩，费了很大的力气才能够站在那里。

"真的是被人杀害的吗？"

"目前还在调查。"

"怎么……"

"总之，请你跟我们去分局。"

刑警半强迫地把他推进警车，带去了分局。

原本以为警局内有尸体安置室之类的地方，只要一去警局，刑警会带他去那里，就可以立刻见到爱美。没想到他被带到一个房间，里面坐着一个姓浅村的警部补。有几名看起来像是他下属的刑警也在一旁。

刑警对他展开了调查。他们不停地追问他从早上开始的行动，以及接到小夜子电话时的情况。

"请等一下，我的行动根本不重要吧？先让我见一见我女儿，她的遗体在哪里？"

但是，刑警无视他的要求。浅村露出冷峻的眼神问他："你说在接到电话前，都在客户那里，有谁和你在一起吗？"

中原立刻察觉，那是在调查自己的不在场证明。开什么玩笑！他忍不住拍着桌子。

"你们在怀疑我吗？怀疑我杀了爱美吗？"

浅村缓缓摇了摇头。

"你不必想这些，只要回答问题就好。"

"你在说什么啊？你别忘了是我女儿被人杀害！"

"既然这样，就请你配合我们的侦查工作。"室内响起浅村洪亮的声音，"我们只是在做我们该做的事。"

太荒唐了，太荒唐了——愤怒、悲伤和悔恨在内心翻腾。自己明明是受害者，为什么会受到这种对待？

"请你告诉我，到底发生了什么事？请你告诉我，到底是怎样的事件？"

"等一切都结束后会告诉你。"

"一切都结束？什么意思？"

"所有侦查工作都结束的意思，在此之前，不能随便透露消息，请你谅解。"浅村不假辞色地说。

中原完全无法接受，但还是回答了刑警的问题，只不过刑警问的问题让他越来越感到匪夷所思。

"最近你太太的情况怎么样？"

"你太太有没有和你讨论育儿的问题？有没有向你抱怨？"

"你女儿是怎样的小孩？会乖乖听话吗？还是不怎么听话？"

"你觉得自己有积极协助育儿吗？"

中原终于发现，原来刑警在怀疑小夜子。他们认为是小夜子对育儿感到厌倦，所以一时冲动，杀了女儿。

"你们太奇怪了，"中原说，"小夜子根本不可能做这种事，她从来没有为育儿的事抱怨过，这个世界上，没有人比小夜子更疼爱爱美了。希望你们了解一件事，你们完全搞错了方向。"

他声嘶力竭地说，但那些刑警没有太大的反应。中原知道，那些刑警根本不理会他说的话。看到刑警的这种态度，他对未来的侦查工作感到绝望。

中原要求见小夜子，他问刑警，小夜子目前人在哪里？在干什么？

"你太太正在另一个房间，刑警在向她了解情况。"浅村用冷淡的口吻回答。

深夜之后，简直和侦讯无异的调查才终于结束。中原被带到另一个房间，刑警佐山陪着他。

"你父母会来接你回家，"佐山对他说，"你老家在三鹰吧？应该很快就结束了，你们可以一起回家。"

"结束？什么结束？"

"配合调查。"

"什么？"中原看着年轻的刑警问，"这和我父母没有关系吧？"

"是啊，但为了谨慎起见……"佐山没有继续说下去。

中原双手抱着头。他完全不知道到底发生了什么事。

他抬起头问："我太太……小夜子还在警局吗？"

佐山为难地撇着嘴角，点了点头。

"因为还有几件事要向你太太确认。"

"确认？确认什么？你们怀疑我太太吗？"

"我相信她是清白的，其他人应该也这么认为。"

"既然这样，为什么……"

"对不起。"佐山深深地鞠了一躬,"为了查明真相,必须排除真相以外的所有可能性。在接获110报案,警官赶到时,家里只有你太太,只有你太太和去世的女儿。虽然是你太太报的案,但并不能因此断定她和命案无关。当年幼的孩子离奇死亡时,父母因为故意或过失造成孩子死亡的情况并不少见,请你谅解。"

他平淡地说完后,又鞠躬说了声"对不起"。

中原感到心浮气躁,用力抓着头。

"我的嫌疑已经排除了吗?"

"刚才已经向你的客户确认过了,证明你和命案没有直接关系。"

"既然这样,就请你把案情告诉我。我家到底发生了什么事?"

"对不起,我不能告诉你。"

"为什么?不是已经排除了我的嫌疑吗?"

佐山有点窘迫地抿紧双唇,慢慢地说:"我刚才只是说,你和命案没有直接关系。"

"什么意思?"中原听不懂他这句话的意思。

"虽然没有直接关系,但可能了解某些情况,知情不报。"

"难道你们认为我知道我太太杀了女儿?"

"我并没有这么说。"

"别开玩笑了,"中原抓住佐山的衣领,"如果我知道,我当然会说,况且,小夜子怎么可能做这种事?"

佐山面不改色地抓住中原的手腕,轻轻拧了一下。他的手很有力,中原不得不松手。

"不好意思。"佐山说完,收回了自己的手。

"有些真相只有凶手知道。比方说，现场的状况、被害人的服装和行凶方式。在逮捕嫌犯时，让嫌犯供出这些真相很重要，因为在法庭上，这将成为证据。因此，在目前的阶段，必须清楚地了解谁知道了哪些事。如果你现在提及你女儿的死因，我会立刻把你带去侦讯室。"

"我什么都不知道，也不知道死因。"

"我知道，所以你应该和本案无关。即使如此，我们也无法把侦查中的秘密告诉你。如果告诉了你，你会向其他人，比方说媒体泄露这些事。一旦媒体加以报道，这些内容就不再是只有凶手才知道的真相，这是我们最担心的情况。你能了解吗？不透露任何命案的线索，也是侦查工作之一。"

"我绝对不会说出去……"

佐山摇了摇头。

"并不是不相信你，但警方办案要力求彻底。对于你来说，能不知道就别知道，这是为你好。因为对亲人有所隐瞒并不是一件开心的事。"

佐山的话很有道理，中原无法反驳，但他无法接受小夜子至今仍然无法获得自由的事实。

"你太太在这儿一两天就可以回去。"

"一两天……"

还需要那么久。中原不禁愕然。

不一会儿，他见到了父母。他的父母神情憔悴，他们接到警方的通知后，立刻赶来接儿子和媳妇，没想到在此之前，先接受了调查。

他们当然也对案情一无所知。

"他们问了很多奇怪的问题,问你们的感情好不好,有没有听说你们为育儿的事感到烦恼。"父亲泰辅一脸不悦地说。

"他们也这么问我,居然还问你有没有表达过对小夜子感到不满。"母亲君子也皱着眉头。

中原从父母的谈话中得知,警方将他们两人隔离调查。听母亲说,刑警还去了小夜子的娘家。

那天晚上,中原去了三鹰的老家,住在千叶的姐姐也打电话来关心。她得知侄女的悲剧后,忍不住在电话那头哭了起来。中原听到她的哭声时想到,原来警方没有派人去找姐姐。

他不想吃饭,在以前住的房间看了一整晚的墙壁。他当然不可能睡着,一次又一次回想起爱美熟睡的脸庞,无论如何都无法相信,女儿已经不在人世了。

隔天他向公司请假去了警局,申请和小夜子会面,但没有见到。刑警把他带到一个小房间,说有东西要给他看。

中原以为又要接受调查,但这次的情况稍有不同。刑警拿了几张相片给他看。相片上是他家的客厅。看到那些相片,他惊愕不已。因为显然有人把客厅的东西弄乱了。客厅矮柜的所有抽屉都被拉了出来,抽屉里的东西都散落在地上。

"目前并没有发现客厅矮柜以外的地方有被动过的痕迹。"刑警告诉他。这是从前一天漫长的谈话至今,警方第一次向中原透露与案情相关的消息。

原来是这样。中原终于恍然大悟。原来是小偷闯进了我家,然后杀了爱美。

刑警又拿出几张相片。

"这些是散落在地上的物品，应该是客厅矮柜抽屉里的东西，有没有少了什么东西？"

那些相片上拍到了文具、计算器、胶带和干电池之类的东西。中原把家里的事都交给小夜子处理，所以并不知道抽屉里放了什么，或是缺少了什么。他这么回答后，刑警问："现金和存折都放在哪里？"

"啊！"中原想起来了。存折都放在卧室的柜子里，但现金放在矮柜的第二个抽屉里。

"有多少现金？"

"这就不清楚了，"中原偏着头说，"这些事都交给太太处理……"

"是吗？"刑警说完，开始整理相片，似乎已经确认完毕。

"这很明显是盗窃杀人啊，为什么我太太还不能回家？"

刑警面无表情地说："现在还无法确定是小偷所为。"

"怎么会？这根本……"他看着刑警手上的相片，但立刻理解了刑警的意思，所以不再说话。

警方在怀疑故布疑阵的可能性。他们怀疑杀死孩子的母亲为了隐瞒自己的行为，伪装成小偷所为。中原已经无力抱怨，只好垂下了头。

他很想回去看一看家里的情况，但警方不同意。无奈之下，只好回到三鹰，等待警方的联络。下午的时候，小夜子的母亲滨冈里江上门，她告诉中原，刑警上门调查了好几个小时，一次又一次问相同的问题，简直快把人逼疯了。

那天晚上，小夜子才终于获释。中原在电话中说要去接，但刑警说，会派警车送她回家，所以他不需要多跑一趟。两个小时后，一辆警车停在老家房子的门口。从警车上走下来的小夜子宛如行尸走肉般面容憔悴，步履蹒跚，灵魂好像出窍了。

"小夜子，"中原叫着她的名字，"你没事吧？"

小夜子没有回答，可能并没有听到他说话，而且好像并没有看到丈夫，视线在虚空中飘忽不定。

中原抓住了小夜子的肩膀："喂！你醒醒！"

她的双眼终于渐渐聚焦，似乎终于发现站在面前的是自己的丈夫。她用力吸了一口气，整张脸都痛苦地扭曲起来。

呜啊啊，呜啊啊——她哭着紧紧抱住了中原。中原抱紧她的身体，忍不住再度落泪。

父母贴心地走开了，让中原和小夜子独处。小夜子心情稍微平静后，把前一天发生的事告诉他。她说的内容条理清晰，难以想象前一刻还六神无主的人说话竟这么井然有序。中原把自己的想法说了出来，小夜子嘴角露出落寞的笑容说："因为我已经说过很多次了。"

她说的内容大致如下。

下午三点多，爱美从学校放学回家。她在学校的美劳课上用牛奶纸盒做了车子，似乎做得很不错。小夜子一边听女儿得意地自夸，一边为她准备点心。

下午三点半时，小夜子坐在客厅的电视前。因为电视上正在回放她喜欢的连续剧。至于为什么不干脆录像，她回答说："因为我觉得还不到需要录像的程度。"她在看电视时，爱美吃了点心，开始玩外婆之前送给她的玩具。

连续剧在四点半前演完了，小夜子关上电视，思考晚餐的菜谱。原本她觉得用冰箱里的食材就够了，但想了一下后，发现少了几样食材。虽然不是非要不可，但她还是力求完美。小夜子决定在女儿可以独自在家之前，要当专职的家庭主妇，所以严格禁止自己在家务上偷懒。

走路到附近的超市只要十分钟，平时她总是带爱美一起去。当时她也问了爱美的意愿。"爱美，妈妈要去超市买东西，你要不要一起去？"

爱美回答说："不要，你自己去吧。"

她似乎对新玩具爱不释手。她之前很黏妈妈，上了小学之后，这种情况慢慢有了改变。

小夜子松了一口气。因为她觉得带爱美一起去买菜很麻烦。反正一会儿就回来了，之前也曾经多次让爱美短时间独自留在家。不要接电话；有人敲门或是按门铃都不要应门；窗帘拉起来——爱美总是乖乖遵守小夜子的指示。

"那你一个人在家没关系吗？"小夜子向她确认。

"嗯。"爱美明确回答。中原觉得事实应该就是如此，因为最近感觉爱美长大了。

小夜子在五点多买完菜回家，最先看到院子的门微微敞开着，觉得有点不太对劲。她出门时，都会把门关好，所以，她以为丈夫临时有事回家了。

　　她准备打开玄关的门锁时，发现门没有锁。她心想，果然是丈夫回家了。

　　但是，一踏进家门，小夜子看到了意外的景象。

　　通往客厅的门敞开着，矮柜的抽屉全都拉了出来，抽屉里的东西散落一地。小夜子倒吸了一口气。仔细一看，发现地上有鞋印。

　　有小偷来过。她立刻察觉到这件事。到底偷了什么？她看着散落一地的东西，但一刹那，立刻想到必须先确认另一件事。

　　小夜子叫着女儿的名字，冲出了客厅。但是，没有听到女儿的回答。在睡觉吗？小夜子冲上楼梯，跑向二楼的卧室。如果爱美在睡觉，就会去那个房间。但是，卧室内不见女儿的身影，也不在二楼的另一个房间内。

　　她回到一楼，走到客房使用的和室，女儿也不在那里。

　　被小偷带走了——小夜子立刻这么想。她准备回到客厅，想要立刻报警，但走到一半时，发现厕所的门虚掩着。

　　她战战兢兢地走过去，向厕所里探头张望。

　　一头短发的爱美躺在厕所的地上，双手和双脚都被胶带捆住，嘴里不知道被塞了什么东西，所以脸颊鼓了起来。她痛苦地闭着眼睛，粉嫩的皮肤上完全没有血色。

　　小夜子说，之后的事，她都记不太清楚了。只记得不顾一切地把塞在女儿嘴里的东西拿出来，然后拆开胶带，却不记得什么时候知道爱美已经死了这件事。当她回过神时，发现自己坐在警车内。她报了警，之后又打电话给中原，但她似乎对这些记忆都很模糊。

　　警方向她了解案情时，一再追问为什么把一个八岁的孩子独自留在家里。

　　"他们对我说，通常父母不会做这种事，不会有这种不负责任的行为。"小夜子呻吟般地说道，捂住了脸，"他们说得对，我为什么会把她一个人留在家里？为什么没有想到，她独自在家时，小偷可能会闯进来。对不起，真的很对不起。"

　　刑警会用那种方式说话，应该只是为了确认小夜子证词的真实性，但她觉得刑警在指责她的过失。中原内心也想要责备她，但很快就发现，那只是在推卸责任。因为他之前就知道爱美有时候会短时间独自在家，并没有对此多说什么。

　　除此以外，警方还问了很多令人不愉快的问题。当时，爱美的小腿上有三厘米左右的擦伤，那是她在上体育课时跌倒造成的，警方对这个伤口也一问再问。小夜子说，他们可能怀疑爱美遭到了虐待。

　　但是，警方长时间向小夜子调查案情并不光是因为警方怀疑她，更因为她破坏了现场。必须详细问清楚各个细节，才能正确还原现场。尤其关于尸体的状态，更是要求她巨细靡遗地说明所有细节。比方说，因为小夜子把爱美抱了起来，所以无法得知爱美以怎样的姿势倒在厕所里。她拆下了捆住女儿手脚的胶带这件事，也让侦办人员伤透了脑筋，但她用图示的方式努力说明了当时的情况。她说，因为她不太会画画，所以费了很大的功夫。

　　小夜子说，爱美的双手被捆在背后，双手双脚都被胶带捆住了，而且还捆了好几圈。塞在她嘴里的是海绵球。那是爱美小时候的玩具，中原最近也不时在地上看到那个球。

"死因呢……死因是什么？"

小夜子摇了摇头："我也问了，但他们没有告诉我。"

"伤势呢？爱美身上有没有流血？"

"应该没有。因为我事后看了自己的手，没有发现血迹。"

"脖子呢？有没有勒痕？"

"不知道，我不记得了。"

如果没有刀伤，也不是用绳子勒死，到底是怎么死的？难道是殴打致死？用什么重物殴打吗？中原在思考这些事的同时，很纳闷自己为什么会在意这件事。

然后他发现，原来自己想了解女儿最后的样子。虽然警方通知他爱美已经死了，但他至今仍然没有看到尸体。

"凶手是从哪里进来的？"

小夜子听了中原的问题回答说，应该是浴室的窗户。

"浴室？"

"对，因为刑警问我，在命案发生之前，浴室的窗户是否有异常，所以，我猜想窗户应该遭到了破坏。"

中原回想起家里的浴室窗户，小偷的确很容易从那个窗户爬进屋内。他这才发现自己家的安全多么脆弱。

小夜子说，应该只有客厅矮柜抽屉里的四万元现金遭窃。那是案发前一天，她去自动提款机取的钱。

"只为了这么一点钱……"

中原的全身因为愤怒而颤抖不已。

翌日早晨，警方联络了他，希望他去确认现场。

这是他在案发之后第一次踏进家门。原本杂乱的客厅稍微整理过了，散落在地上的物品可能拿去采集指纹了。

"如果发现有什么异常，请立刻告诉我们。"之前负责向中原问案的浅村说道，他似乎是现场的负责人。

他和小夜子一起检查了所有的房间，果然不出所料，浴室窗户的玻璃被打破了。

"打破的时候没有发出声音吗？"

浅村没有回答他的问题，但同行的佐山小声告诉他："因为用了胶带。窗户外发现一些粘了胶带的玻璃碎片，可能是在打破窗户之前贴了胶带，因为这样可以降低玻璃被敲破时发出的声音。"

"佐山！"浅村呵斥了一声，阻止佐山继续说下去，但他的表情并没有很严厉。

他们也去看了厕所，但厕所内并没有异常，中原想到爱美娇小的身体躺在那里的情景，不由得感到心碎。小夜子不敢看厕所。

只有客厅、厨房和走廊上发现了外人入侵的痕迹，二楼和一楼的和室并无异常。

"果然是这样。"浅村说。

"果然……是什么意思？"

"凶手穿着鞋子走进来，目前只在客厅、冰箱前、浴室和走廊上发现了鞋印。"

中原听后，终于了解了这起命案的大致轮廓。凶手打破浴室的窗户玻璃后进屋，经过走廊，在客厅搜刮钱财。小夜子说，玄关的门没有锁，可见凶手是从大门逃走的，而且在犯案过程中杀了爱美。

他们暂时无法回家住，佐山开车送他们回到三鹰的老家。中原和小夜子在车上终于知道爱美是被掐死的。

"凶手用手掐她的脖子吗？"

"对。"佐山看着前方回答，"你女儿的遗体应该很快就会被送回来，但会留下解剖的痕迹。"

听到"解剖"这两个字，中原再度陷入了绝望。

"要安排葬礼的事。"小夜子在一旁小声地说。

爱美的遗体隔天就被送回来了。爱美躺在小棺材内，脸上留下了缝合的痕迹，但中原和小夜子还是一次又一次抚摸着女儿的圆脸，放声大哭着。

那天晚上是守灵夜，隔天举行了葬礼。数十名爱美的同班同学前来悼念突然离开人世的同学，中原和小夜子看到他们，忍不住想起爱女，再度泪流满面。

无尽的痛苦和失落无处宣泄。既然爱美无法复活，他们只剩下一个心愿，那就是早一秒把凶手逮捕归案。

他们一天又一天等待着警方的通知。佐山告诉中原，警方终于排除了小夜子的嫌疑。但在此之前，他把一张相片放在他们面前。相片上是一双运动鞋，佐山问他们以前有没有看到过那双鞋。中原和小夜子都说没有。

"这应该是凶手穿的鞋子，我们根据现场留下的鞋印，分析出是这双鞋子。我们在屋内和周围彻底寻找，都没有发现这双鞋子，猜想凶手可能穿着这双鞋子逃走了。"

听到佐山这么说，中原觉得根本是废话。因为凶手不可能光着脚逃跑。佐山似乎察觉了他的疑问，又补充了一句：

"这代表内部的人犯案后，用鞋印伪装成外人犯案的可能性极低。"

中原终于明白了他的意思。警方原本怀疑是小夜子故意制造了那些鞋印。

虽然警方已经认定是外人入侵犯案，但仍然无法断定是单纯的盗窃杀人。

"也有可能是因为怨恨、金钱纠纷或是感情纠纷犯案，却伪装成盗窃杀人。也可能有人想要借杀害令千金折磨你们，如果你们想到什么，请随时告诉我们，任何小事都无妨。"佐山对他们说。

中原一再说明，之前从来没有和他人结怨，也没有遇过任何恶作剧，但佐山嘱咐道只要发现任何线索，就上门向他们确认。比方说，中原几年前在公司卷入了纠纷，或是小夜子在爱美就读幼儿园时曾经和其他孩子的母亲有摩擦。没想到他竟然连这种芝麻小事都可以查到。中原不光是惊讶，更是不由得感到佩服。

然而，这起事件最后以意想不到的方式解决了，而且和佐山以及其他刑警的努力完全无关。案发第九天，凶手被捕。

浅村和其他刑警上门向中原夫妇说明了相关的情况，大致内容如下。

破案的契机是有人在芳邻餐厅吃霸王餐。一个男人用餐结束，准备结账时，拿出了两张优惠券。那是只要在餐厅消费，就可以折抵五百元消费金额的优惠券。但因为优惠券的使用期限已经过期，所以收银台的女员工拒绝接受，而且，即使没有过期，每次也只能用一张。

那个男人怒不可遏，他说原本以为可以免费享用一千元的餐点，所以才会走进这家餐厅，说完之后，扬长而去。女员工吓坏了，不敢去追他，急忙联络了店长。

辖区分局接到报案后，数名警官在附近巡逻，最后在车站附近发现了和女员工描述的特征完全一致的男人。那个男人正打算买车票。警官叫住他时，他拔腿就跑，于是当场把他逮捕。

警官把他带回分局，请芳邻餐厅的女员工前来确认，发现正是此人无误。警官立刻开始侦讯，但男人始终不愿说出自己的名字，只好比对指纹。当时已经建立了指纹比对系统，如果曾经有前科，只要两个小时左右就可以查到。

比对指纹后，发现了重大的情况。这个男人叫蛭川和男，今年四十八岁，因为抢劫杀人被判处无期徒刑，半年前刚从千叶监狱假释出狱。

搜查他的随身物品后，在他口袋中发现了三张万元纸钞。即使问他钱从哪里来，他也无法清楚交代。

这时，一名刑警发现了一件巧合的事。蛭川向芳邻餐厅出示的那张优惠券上盖了分店的章，东长崎的地名引起了他的注意。

那名刑警想起一周前发生的盗窃杀人事件。被害人是一名八岁的女童，因为那名刑警也有一个年纪相仿的女儿，所以对那起命案留有深刻的印象。

他跟特搜总部联络，再度比对了指纹，然后又鉴定了蛭川持有的一万元纸钞，和在餐厅优惠券上的指纹。结果在其中一张一万元纸钞上，发现了被害人的母亲，也就是中原小夜子的指纹。蛭川鞋子的鞋印也和在中原家留下的鞋印完全一致。于是，蛭川立刻被移送到特搜总部，搜查一科展开调查后，蛭川供述了犯案过程。

中原和小夜子对蛭川的供述几乎一无所知，佐山只告诉了他们零星的事项，但他似乎也不了解所有的情况。然而，终于找到了凶手这个具体憎恨的对象一事，对中原和小夜子具有重大的意义。因为他们终于有了目标——等待那个凶手被判死刑。

曾经犯下抢劫杀人案，被判处无期徒刑的人在假释期间再度犯下盗窃杀人案——根本没有任何让法官酌情减轻量刑的空间，他理所当然应该被判处死刑。

然而，在调查过去的判例后，中原渐渐开始感到不安。他发现之前曾经有过几起类似的案例，但凶手并不一定都被判死刑。不，正确地说，判死刑的案例反而比较少。

被告有悔改之意、有教化可能、不是预谋犯案、有值得同情之处。法官似乎千方百计为避免做出死刑判决找借口。

有一次，他和小夜子聊起这件事。小夜子空洞的眼神突然露出异样的光芒，面色凝重地说："我绝对……不会允许这种情况发生。"她的声音低沉沙哑，中原以前从来没有听过她用这种声音说话。接着，她露出凝望远方的表情说："如果不判死刑，那就让他赶快出狱，我会亲手杀了他。"

"我也和你一起动手。"中原说。

案发四个月后，第一次开庭审理。中原和小夜子第一次详细了解了所有案情。

案发当天，居无定所的蛭川身无分文，前一天在公园长椅上睡了一夜。他已经两天没有进食，正准备去附近的超市，看有没有试吃品。他身上只有一个小背包，里面有手套、胶带和铁锤。因为他觉得"闯空门时也许可以用到"，所以从之前上班的地方偷来了。

当他走在住宅区内时，看到一个像家庭主妇的女人从独栋的房子内走出来。玄关的门上有两道锁，看到她把两道锁都锁上了，他猜想家里一定没人。

主妇走出家门后，没有回头看蛭川一眼，直接走向和他来路相反的方向。蛭川猜想她应该是去买晚餐的食材，所以不会马上回家。

等到主妇走远之后，他戴上了背包里的手套，按了大门旁的门铃，但屋内没有动静。他确信屋内没有人，东张西望，发现四下无人后，就打开院子的门，走了进去。为了以防万一，他巡视了屋子周围，屋内果然没有动静。

这时，他发现浴室的窗户刚好位于左邻右舍都看不到的死角，便决定从那里破窗而入。他从背包里拿出胶带贴在窗户上，用铁锤敲破玻璃，小心翼翼地把玻璃碎片拿了下来，旋开月牙锁后，打开窗户，从浴室进了屋。

他从浴室观察屋内。屋内静悄悄的，完全没有动静。他没有脱鞋，就直接走过走廊，寻找厨房的位置。因为他想先找食物填饱肚子。

当他来到客厅旁的厨房时，开始在冰箱里翻找食物，但冰箱里没什么可以马上吃的食物。他看到有香肠，正想伸手拿香肠时，听到背后传来小声的惊叫。

回头一看，一个小女孩站在客厅，一脸害怕地抬头看着蛭川。下一刹那，她立刻跑向走廊。

蛭川心想不妙，拔腿追了上去。

女孩已经跑到了玄关，打开了两道锁中的第一道锁。蛭川从背后抓住她，捂住了她的嘴，把她拖回客厅。

他看到地上有一个海绵球，便用捂住她嘴巴的手捡了起来。女孩叫了一声："妈妈！"他立刻把海绵球塞进她嘴里。女孩立刻安静了下来。

他把自己的背包拉了过来，拿出胶带，让女孩趴在地上，用胶带把她的双手反捆住，又把她的脚也捆了起来。

原本以为女孩这下就会安静，没想到女孩扭着身体，激烈地挣扎着。于是，他把女孩拖到厕所，把门关了起来。

他想找钱去填饱肚子，于是回到客厅，把客厅矮柜的所有抽屉都拉了出来，发现了几张一万元的纸钞和餐厅的优惠券，便塞进了口袋。

他很想赶快逃离现场，但想到那个女孩。女孩看到了他的长相。一旦画出肖像画，自己恐怕就插翅难逃了。

他打开厕所的门，发现女孩无力地躺在地上，但眼神中充满敌意，似乎在说："我一定要告诉妈妈。"

这样可不行。蛭川心想。他双手掐住女孩的脖子，用大拇指按着她的喉咙。女孩扭动着身体，但随即就不动了。

蛭川拿起背包，从玄关逃走了。他想要吃东西。来到大马路上，看到一家牛丼店。他走了进去，点了大碗的牛丼，还加了一个鸡蛋。当牛丼送上来时，他狼吞虎咽地吃了起来，几乎忘记了前一刻掐死了一个女孩——这就是那天在中原家发生的事。

在听检察官陈述时，中原的身体颤抖不已。想到爱美发现陌生男人闯入家中时的惊讶，被海绵球塞住嘴巴、被胶带捆住手脚的恐惧，以及被掐住脖子时的绝望，就不由得觉得自己的女儿太可怜了。

他狠狠瞪着憎恨的对象。蛭川个子矮小，是一个看起来很普通的男人，力气不会特别大。两道八字眉可能给有些人留下懦弱的印象，但想到这个男人杀了爱美，中原只觉得他既狡猾又残忍。

检方也强调了他犯案手法的残虐性，旁听者无不认为凶手该判死刑。中原也确信会得出这样的结论。

然而，在多次开庭审理后，气氛有了微妙的变化。在辩方的诱导下，渐渐淡化了犯案手法的残虐性。

蛭川也改变了供词，他说他无意杀害女孩。

他把海绵球塞进少女嘴里，用胶带捆住了她的双手、双脚，但女孩仍然没有安静，大声呻吟着。他想要制止，情急之下掐了她的脖子，女孩就不动了。

检察官问，既然这样，为什么把遗体搬去厕所。蛭川回答说，他不知道女孩已经死了。

"我以为她只是昏过去了，等醒过来时又要挣扎，所以把她关进了厕所。"

他声称遭到逮捕后，脑中一片混乱。律师闻言立刻主张"并非故意杀人"。

蛭川在法庭上一再反省和道歉。

"我对死者家属深感抱歉，是的，我发自内心地感到抱歉。对不起，我竟然害死了那么可爱的孩子。虽然应该一命抵一命，但我希望有机会弥补。无论如何，我都应该弥补家属。"

这番话完全是有口无心，中原听了只觉得空虚，但辩方声称："被告为此深刻反省。"

怎么可能？中原心想。这个男人根本没有反省。会反省的人根本不可能在假释期间犯罪。

在开庭审理的过程中，中原终于知道蛭川和男是怎样一个人。

他在群马县高崎市出生，有一个弟弟。在他年幼时，父母离婚，所以他跟着母亲，在单亲家庭中长大。职业高中毕业后，在当地的零件工厂上班，但在单身宿舍中，偷同事皮夹里的钱被发现，因盗窃罪遭到了逮捕。虽然判了缓刑，但他当然还是被工厂开除了，之后，他换了几个工作，最后在江户川区的汽车保养厂上班。

他在那家工厂时，犯下了第一起抢劫杀人案。他把修理好的车子送回客户家时，杀害了年老的车主和他的太太，抢走了数万元现金。当时，他因为赌博欠下了巨额债务。

在那次审判中，蛭川也声称无意杀人，只是一时情绪激动，失手打了对方。

法官接受了他的说辞，在老人的命案中，只追究伤害致死的刑事责任，但老人太太的命案则确定是杀人罪，经过多次审理后，最终判了无期徒刑。

但是，无期徒刑并不是被永远关在牢里。

只要认为他有反省之意，就可以获得假释。他之所以能够申请假释出狱，代表他在监狱里表现出反省的态度。

他出狱后的情况又是如何？

蛭川从千叶监狱获得假释后，在监狱附近的某个更生保护①设施住了一个月。之后，他唯一的亲人——弟弟来找他。他弟弟在埼玉县经营一家小工厂，介绍哥哥去他朋友的资源回收站工作。

他在那里乖乖工作了一段时间，但不久之后，恶习复发，再度开始赌博。他整天去柏青哥店打小钢珠。他和老板说好，先领相当于别人一半的薪水，看他的表现再加薪。用这点微薄的薪水去赌博，很快就见了底，但他仍然戒不了打小钢珠的瘾，最后打算撬开办公室的手提金库。

虽然最后没有撬开，但老板立刻察觉了这件事。因为办公室内装了监控摄像头，只是蛭川不知道。他当然遭到开除，老板对他说，该庆幸没有报警抓他。

他的弟弟也觉得他无药可救了。之前一直帮他付房租，但发生这件事后，决定不再负担他的房租。

---

① 更生保护：日本的保护观察（社区矫正）制度，是一项社会内的矫正制度，一项综合性的社会工程，其配套制度有非监禁制度、被害人保护制度、紧急更生保护（安置帮教）制度，在实践中，主要通过针对非犯罪化处遇的人员和犯罪人实施社会内的保护观察。

蛭川担心他的假释遭到取消，所以只带了最少的行李逃走了。之后靠着仅剩的一点钱过了一段时间，但终于身无分文，再度行凶杀人。

真是一个愚蠢的男人，如果他因为这种愚蠢下地狱，那就让他下地狱，但为什么要让爱美沦为牺牲品？爱美只活了八年，未来还有漫长的人生，她的人生也是中原和小夜子今后的生命意义。

虽然根本不想要这种男人的命，但如果他还继续活着，那爱美就死得太不值了——每次开庭审理，中原都狠狠瞪着被告的背影想。

3

　　走出天使船，中原像往常一样，准备前往定食餐厅，但想到佐山刚才问了他不在场的证明，便立刻改变了方向。佐山或是其他侦查员一定会向餐厅确认，这种时候去那里，餐厅的人一定会用好奇的眼神看自己。

　　他走进住处附近的便利商店，买了便当和罐装啤酒。他住的是套房，当然是租的。他还没有考虑到退休之后的事。

　　不知道小夜子如何？他走在路上，忍不住想到这件事。听佐山说，她也是一个人住。难道没有交往的男朋友吗？

　　他觉得心情很沉重。虽然已经离婚，但曾经共同生活的女人遭到杀害，心情难免郁闷，但他内心的感情和"难过"又不太一样。

　　如果非要形容的话，也许是空虚的感觉。虽然当初决定离婚是希望彼此过得更幸福，结果却事与愿违，两个人都没有得到幸福。

　　无论你怎么挣扎，你的人生都不可能有光明——他觉得掌握命运的伟大力量似乎对他这么说。

　　回到家里，正在吃便利商店买的便当时，手机响了。一看号码，他忍不住感到惊讶。因为这个号码今天白天才刚打过。

他接了电话，佐山在电话中为这么晚打电话向他道歉。

"没关系，你还有什么事要问吗？"

"不是，有一件事我觉得应该告诉你。"佐山的语气很谨慎。

"关于命案有什么新发现吗？"

"对，就在刚才，有一个男人来到警局，说自己是这起命案的凶手。"

"啊？"中原倒吸了一口气，紧紧握住电话，忍不住站了起来，"他叫什么名字？那个男人叫什么？"

"目前还无可奉告，还有很多事情需要确认，但应该很快就会公布。"

"为什么他要杀小夜子……他们认识他吗？"

"不好意思，目前还在调查，所以无法告诉你详情，也不知道那个男人是否真的是凶手。"

中原叹了一口气："是吗？那也没办法。"

他很清楚，即使面对死者家属，警方也不会透露目前的侦查情况，更何况在这起命案中，中原并不是死者家属，佐山只是对他特别亲切。

"不好意思，也许会因为这起命案，再度去你公司打扰。"

"好，我没问题。"

"我去你公司之前，会先打电话。不好意思，打扰你休息了，那就先这样。"

佐山说完，挂上了电话。

中原把手机放回桌上，重新坐在椅子上，茫然地看着半空。

杀害小夜子的凶手抓到了——虽然说这种话太没良心，但老实说，他有点失望，他原本以为侦查工作会陷入胶着。

但现实就是这么回事，即使没有复杂的原因，也会动手杀人。中原比任何人都更清楚这一点。

他伸手想拿筷子，但又把手收了回来，起身从旁边的书架中拿出一本相册。一打开，以前一家三口去海边时的相片立刻映入眼帘。爱美穿着红色泳衣，身上套着救生圈，中原和小夜子站在她的两侧。三个人脸上都带着笑容。那天的天气晴朗，海水很蓝，沙滩很白。

那时候正是幸福的巅峰，然而，那个时候并没有意识到身处巅峰，而是深信这份幸福会永久持续，甚至期待会更加幸福。

不久之后，其中两个人离开了人世。不是意外，也不是病故，而是遭人杀害。

中原的脑海中响起一个男人的声音。

"主文。判处被告无期徒刑。"

一审判决当天，中原怀疑自己听错了白眉毛的审判长朗读的判决。

之后，审判长滔滔不绝地朗读了判决理由，但中原无法接受。审判长虽然同意犯罪行为的残虐性，以及再犯的恶劣性质，但认为并非有计划犯案，而且被告表现出反省态度，期待可以改过向善，对于判处极刑有一丝犹豫，但这些都只是为了回避死刑的牵强理由。中原在听判决时，忍不住想要大喊，这个国家的司法制度到底是怎么一回事？

检方立刻提出上诉，但主任检察官对中原说，照目前的情况来看，恐怕很难判处死刑。

　　"对于令千金遭到杀害一事，法官接受了辩方认为是突发性冲动行为的主张，我们必须推翻这种说法。"

　　"有办法推翻吗？"中原问。

　　"一定要推翻。"主任检察官一脸精悍，铿锵有力地说道。

　　中原也和小夜子讨论了这件事，他们决定要携手奋斗，直到法院做出死刑判决为止。

　　"如果无法做出死刑判决，我就要在法院前自我了断。"小夜子嘴唇发抖地说完，又补充说，"我是认真的。"她发亮的双眼令中原一惊。

　　"好，"中原说，"我也这么做，我们一起死。"

　　"嗯。"她点了点头。

　　二审期间，检方提出了几个新的证据，其中有三项是关于爱美遭到杀害时的状况。

　　首先是留在走廊上的鞋印。

　　蛭川供称自己当时从浴室的窗户闯入后，沿着走廊去了客厅，在那里被爱美发现。爱美想要逃走时，被他在玄关抓住，再度回到客厅。为了让爱美安静，他把海绵球塞进爱美嘴里，用胶带捆住她的手脚，但爱美仍然没有安静下来，所以他失手掐她。但他以为爱美没有死，所以把她搬去厕所，在客厅寻找财物后，从玄关逃走。

　　假设真如蛭川所说，他从客厅走去厕所只有一次，但在详细调查鞋印后，发现从客厅到厕所的鞋印有两道，也就是说，他去了厕所两次。

　　这个事实和一审时检察官所陈述的内容完全相符——蛭川把海

绵球塞进爱美嘴里，捆住她的手脚后，把她关进厕所。在寻找财物后，担心爱美会配合警方画出他的肖像，所以就去厕所掐死了爱美。

第二个证据是海绵球。

检方运用科学办案的方式检查了海绵球，但其实并没有太复杂。检方想要了解海绵球的重量，虽然小夜子发现爱美的尸体后，把海绵球从她嘴里拿了出来，但海绵球上沾满了口水。警方记录了当时的重量，由此推算出唾液的重量。由此发现，八岁的孩子至少需要十分钟才能分泌那些唾液量。如果蛭川所说的属实，海绵球上根本不可能沾到那么多唾液。

第三个证据是眼泪。

警官接到报案赶到时，小夜子抱着爱美的尸体。她抱着女儿，用手帕擦拭着女儿的脸。两名警官记得她当时对女儿说的话。

真可怜，你一定很难过吧，所以才会流这么多眼泪。对不起，真的对不起，让你一个人留在家里。你一直哭，一直哭，妈妈都没有回来，你一定很害怕吧——当时，小夜子说了这些话。

小夜子听了之后，当时的记忆也被唤起。她站在证人席上陈述了发现尸体时的情况，证实"我发现爱美时，她的脸上都是眼泪"。

"尸体不会流泪，被害人之所以会流泪，是因为被捆住手脚，嘴里又塞了海绵球，然后被丢进厕所。请各位想象一下，这种状况是多么可怕。一个八岁的女孩子遭遇这种情况，怎么可能不哭呢？"

听到检察官在法庭上语带哽咽地说这番话，中原握紧了放在腿上的双手。想象女儿所感受的恐惧和绝望，他就觉得仿佛坠入了又深又黑的谷底。

中原也以检方证人的身份站上了证人席。他在证人席上诉说着爱美是多么乖巧的孩子，她为这个家庭带来了多少欢乐，同时也陈述了被告蛭川至今从未写过任何道歉信，看他在接受审判时的态度，也完全感受不到他有任何反省。

"我希望可以判处被告死刑。只有这样……不，即使这样，也无法偿还他犯下的罪行。被告犯下了如此重大、极其重大的罪行。"

但是，辩方律师当然不可能袖手旁观，对检方提出的三大证据都百般挑剔，认为这三项证据的科学根据太薄弱。

律师问被告蛭川：

"你把被害人搬去厕所时，并没有想到她已经死了吧？"

"没错。"蛭川回答。

"逃走的时候呢？有没有想到被害人？"

蛭川回答说："记不清楚了。"

"有没有可能你想到被害人，所以去厕所察看呢？"

检方立刻提出抗议，所以无法听到蛭川的回答，但辩方显然想要借此证明鞋印和被告的证词并没有自相矛盾。

关于海绵球上的唾液量，律师反驳说，可能脖子被掐时，会导致比平时分泌更多的唾液。关于眼泪的问题，则推测可能是被害人母亲自己的眼泪滴在女儿脸上，结果误以为是女儿流了那么多眼泪。

中原在听律师说这些话时，感受到的不是愤怒，而是不可思议。为什么这些人想要救蛭川？为什么不愿意让他被判死刑？如果他们自己的孩子也遇到相同的情况，他们不希望凶手被判死刑吗？

二审多次开庭审理，甚至找来和爱美体形相近的八岁女孩做了实验，把和命案相同的海绵球放进她嘴里。那个孩子几乎无法发出声音，所以对蛭川供称因为爱美叫得太大声，为了让她闭嘴，才掐她脖子的供词产生了质疑。辩方当然也反驳这个看法，认为每个人的情况不同。

检方和辩方的攻防持续到最后一刻，中原发现被告蛭川身上出现了变化。他的眼神涣散，面无表情。虽然他是审判的主角，却好像临时演员一般，完全感受不到他的存在，让人觉得是否因为审理过程拖得太长，他渐渐失去了真实感，忘了是在审判自己。

终于到了二审判决的日子。那天下着雨，中原和小夜子撑着伞，在走进法院前，仰头看着庄严的建筑物。

"如果今天不行……就真的不行了。"

中原没有回答，但他也有相同的想法。

虽然按照审判规则，并不是完全绝望。即使二审驳回上诉，还可以上诉到最高法院，但是，必须有新的证据才能够推翻二审的判决结果。中原亲眼看到了检方在二审中发挥的坚持和智慧，知道他们已经尽了全力，手上已经没有新的王牌了。

"你觉得要怎么死？"小夜子抬头问他。

"自古以来，为抗议而死，只有一种方法，"中原说，"那就是自焚，而且要唱《法兰希努之歌》，你不知道吗？"

"我不知道……嗯，这种方法也不错。"

"走吧。"两个人并肩走向法庭。

他们誓死的决心终于有了回报，在冗长的判决理由后，终于听到了："主文，撤销第一审的判决，判处被告死刑。"

中原握住了身旁小夜子的手,她也用力回握。

被告蛭川一直微微摇晃着身体,但在听到判决的瞬间,他的动作立刻停了下来,然后对审判长微微鞠了一躬,但没有转头看中原和小夜子。之后,蛭川被绑上腰绳,带离了法庭。

那是中原最后一次见到他。虽然辩方律师立刻上诉,但蛭川撤销了上诉。听一位持续采访这起案件的报社记者说,因为他觉得"太麻烦了,懒得再上诉"。

中原合起相册,放回了书架。离婚时,和小夜子互分了相片,但离婚之后,很少看这些相片。因为每次看到相片,就会想起命案的事。其实无论看或不看都一样,他没有一天不想起,以后恐怕也会这样。

阿道,我看到你就会感到痛苦——在蛭川的死刑确定的两个月后,某天他们一起吃饭时,小夜子这么对他说。她向来用"阿道"称呼中原,在爱美面前叫他"爸爸"。

"对不起,"小夜子拿着筷子,无力地笑了笑,"我突然说这种话,你听了一定很不舒服吧?"

中原停下手,看着妻子。他并没有感到不舒服。

"我应该了解你想要表达的意思,因为我也有相同的想法。"

"你也一样?"小夜子露出落寞的眼神,"看到我也会痛苦吗?"

"嗯……好像会痛苦。"中原按着自己的胸口说,"好像有什么堵在这里,有时候会隐隐作痛。"

"原来是这样,果然你也一样。"

"你也一样?"

"嗯，差不多就是这种感觉。只要和你在一起，就会一直回想起以前的幸福时光，有你、有爱美……"她的泪水在眼眶中打转。

"不必强迫自己不回忆啊，回忆很重要。"

"嗯，我知道，但还是感到痛苦，有时候会想，如果这一切都是梦，不知道该有多好。真希望这起事件是一场噩梦，但爱美已经不在了，所以这并不是梦。所以如果能够认为爱美原本就不存在，她曾经和我们在一起的那段日子是一场梦，只是现在梦醒了，如果可以这么想，心情就会轻松许多。"

中原点了点头说："我完全可以理解。"

那天之后，他们不时谈到这件事。

原本期待死刑确定，审判结束后，自己的心情会发生变化，以为会大快人心，或是可以放下这件事，说得更夸张一点，以为自己可以获得重生。

然而，事实却是没有任何变化，反而更增加了失落感。在此之前，人生的目标就是为了等待死刑判决，一旦完成了这个目标，生活就失去了重心。

蛭川的死刑判决，无法让爱美死而复生。这是理所当然的事，所以，中原痛切地感受到，这起命案只是在形式上结束而已，自己并没有因此得到任何东西。

他并不是想要忘记爱美，但希望痛苦的记忆渐渐淡薄，只剩下曾经拥有的快乐时光，然而，事与愿违，只要和小夜子在一起，就会清晰地回想起她哭喊的样子，一切就像是昨天才发生。那天，小夜子在电话中告诉他悲剧时的声音总是在他耳边萦绕。

小夜子应该也一样，一定会不时想起丈夫痛哭的身影。

他再度发现，那起事件中，失去的不光是爱美的生命，同时还失去了很多东西。辛苦多年，好不容易买的房子也在审判期间出售了。因为小夜子说，住在那栋房子里很痛苦。中原也有同感。事件发生后，人际关系也变得很奇怪，许多人怕中原和小夜子触景伤情，不敢接近他们。中原已经无法从事创意工作，所以在公司里的工作内容也和以前不一样了。而且，中原再也看不到妻子发自内心的笑，小夜子也看不到丈夫由衷的笑容。

不久之后，小夜子说，她打算搬回娘家住一阵子。她娘家位于神奈川县的藤泽，那里靠海，所以爱美生前经常在夏天去玩。

"好啊。"中原回答，"也许可以转换一下心情，而且，这段时间也让你父母担心了，你可以回家好好陪陪他们。"

"嗯……阿道，你接下来有什么打算？"

"我吗？嗯，怎么办呢？"

他们的对话很奇妙，明明只是妻子回娘家住一段时间，却讨论起未来的规划。回想起来，也许当时就已经隐约觉得，两个人之间可能到此为止了。

小夜子回娘家后，他们两个月没有见面。虽然会打电话或是发短信，但也渐渐减少了。在完全没有联络的两个星期后，接到了小夜子发来的短信，短信上写着："要不要见面？"

他们约在中原公司附近的咖啡店见面，他们已经很久没有一起走进咖啡店了。

小夜子似乎比之前有精神。以前总是低着头，但那天抬头看着中原。

"我打算去工作。"小夜子用宣布的语气说，"虽然还没有找到工作，但我打算回去上班，先踏出第一步。"

中原点了点头说："我赞成。"小夜子会说英语，也有很多证照，年纪还轻，应该可以找到工作。她原本就打算爱美读小学高年级后重返职场。

"但是，"她皱起了眉头，"我也觉得一个人会比较好。"

"一个人？"中原一脸意外地看着妻子。

"对，一个人。"小夜子收起下巴，似乎已经下定了决心。

"你的意思是……离婚？"

"嗯……是啊。"

中原想不到该怎么回答，既觉得很意外，又隐约觉得在意料之中。

"对不起，"小夜子向他道歉，"这两个月来，我们不是有时候用电话或是短信联络吗？"

"是，怎么了？"

"我在这过程中发现，我很害怕打电话或是发短信给你。"

"害怕？为什么？"

小夜子痛苦地皱起眉头，微微偏着头。

"我也说不清楚，打电话时，想到不知道该说什么，就觉得心神不宁，发短信的时候又烦恼该怎么回你……而且会心跳加速。你不要误会，我并没有讨厌你，至少请你相信这件事。"

中原一语不发，抱着双臂。他似乎能够明白小夜子说的话，他每次打电话或发短信时，也觉得胸口隐隐作痛。

"也许不办离婚手续也没问题……"小夜子小声地说。

听到这句话，中原猛然惊醒。原来他忘了一件重要的事。

她未来的人生还很长。因为她还年轻，所以有机会再次生儿育女，但和自己之间应该不可能了。他们之间已经好几年没有性生活了，因为完全没有这方面的意愿。虽然有些人失去年幼的孩子后，为了走出悲伤，会很快再生孩子，但中原并不属于这种类型，他甚至觉得再也不想有孩子。

然而，他无法强迫小夜子也接受这种想法，他没有权利剥夺她再次当母亲的机会。

"可不可以让我考虑一下？我会尽快答复你。"中原说，但也许那个时候，就已经做出回答了。

4

在上一次通电话的三天后，上午十一点左右，中原再度接到了佐山的电话。佐山在电话中说中午去找他。中原回答说："我会等你。"然后挂上了电话。

来得正好。中原心想。虽然这几天他一直留意网络和电视新闻，但并没有看到小夜子命案的后续报道，所以也不知道凶手的名字和动机，他一直耿耿于怀。

他确认了当天的工作日程，发现下午第一场葬礼从一点开始，即使和佐山见面时有其他客户上门，也会有人接待。

佐山也许打算利用午休时间见面，但天使船并没有午休，员工轮流去吃午餐。

中原在五年前，从舅舅手上接手这家公司。舅舅八十多岁，而且曾经生了一场病，所以正在烦恼如何处理这家公司。他没有儿女，所以一直以来都很疼爱中原。

当时，中原也正在考虑换工作。因为他被调去新部门后，迟迟无法适应那里的工作，当舅舅去找他，说有事想要和他聊一聊时，他完全没有想到竟然是这件事。

"工作本身并不难，"舅舅这么对他说，"有很多资深员工，专业的事可以交给他们去处理，但是，并不是每个人都能够胜任这个工作。说得极端一点，对给猫狗举办葬礼嗤之以鼻的人，无法做这份工作。即使不说出来，对方也可以感受到。失去疼爱的宠物，而且想要为宠物举办葬礼的人，通常都因为宠物的死，觉得心里缺了一大块，因此，和他们接触时，必须充分了解这一点，协助他人接受心爱的宠物已经离开的事实，这份心意非常重要。"

舅舅继续对中原说：

"这方面你完全没问题。你向来心地善良，也很善解人意，而且经历过那件事，应该比任何人更了解内心的伤痛。虽然收入方面不要抱有太大的期待，但我认为是很有成就感的工作，怎么样？你愿意接手吗？"

中原没有养过宠物，所以一开始有点不知所措，听舅舅说了之后，认为值得一试。虽然他没养过，但很喜欢动物，而且，"协助他人接受心爱的宠物已经离开的事实"这句话打动了他，他相信从事这份工作后，自己也会有所改变。

"我愿意试试。"中原说。舅舅满是皱纹的脸上露出了笑容，频频点头说："很好，很好。"然后又补充说：

"一定会很顺利，君子也可以放心了。"

君子是他的妹妹，也就是中原的母亲。中原听到舅舅这么说，才想到应该是母亲向舅舅建议，由他来接手天使船。虽然一年见不了几次面，也从来没有和母亲聊过要换工作的事，但年迈的母亲也许从儿子垂头丧气的身影中察觉到了。

得知自己老大不小，还让母亲担心，中原陷入自我厌恶之中。他深刻体会到，自己还没有真正长大，只是在周围人的支持下，勉强站起来而已。

现在的自己呢？中原忍不住想。现在的自己独立了吗？然而又想到，小夜子又如何呢？

他打算等佐山来了之后，稍微打听一下小夜子之前的情况。

佐山在正午过后来到天使船，还带了鲷鱼烧当礼物。中原叫他不必这么客气。

"来这里的路上刚好看到好吃的鲷鱼烧，就顺便买了，请大家一起吃。"

"是吗？那我就不客气了。"

中原接过纸袋，发现还是热的。

和上次一样，中原用茶包为他泡了茶。

"侦查工作还顺利吗？"中原问，"上次你在电话中说，凶手去自首了……"

"目前各方正在进行调查，但还有很多疑点。"

"但凶手不是供出案情了吗？"

"是啊，"佐山说话有点吞吞吐吐，然后从皮包里拿出一张相片放在桌子上，"是这个男人，你以前见过他吗？"

相片中的男人看向前方。中原看到相片后有点意外，因为他原本以为凶手是年轻人，没想到相片中是一个年约七十岁的老人。瘦瘦的，花白的头发很稀疏，相片中的他板着脸，但看起来并不是凶神恶煞。

"怎么样？"佐山再度问道。

中原摇了摇头回答：

"不认识，应该没见过。"

佐山把一张便条放在他面前，上面写着"町村作造"。

"他的名字叫町村作造，你有没有听过这个名字？"

"町村"。中原念了这个名字后偏着头回想着，还是想不起曾经认识这个人。他如实地告诉了佐山，佐山再度拿起相片。

"请你仔细看清楚，相片上是他目前的样子，但如果是以前见过他，可能和你的印象会有很大的差别。请你想象一下他年轻时的样子，是不是像你认识的某个人？"

中原再度仔细打量着相片。人的长相的确会随着年龄改变，之前见到中学时代的同学时吓了一大跳，差一点认不出来。

然而，无论他再怎么仔细看相片，都无法唤起任何记忆。

"不知道，也许以前曾经在哪里见过，但我想不起来。"

"是吗？"佐山深感遗憾地皱着眉头，把相片放回了皮包。

"他到底是什么人？"中原问。

佐山叹了一口气后开了口。

"他六十八岁，无业，独自住在北千住的公寓。目前还没有查到他和滨冈小夜子女士之间的关系，他也说不认识滨冈女士，只是为了钱财，跟踪在路上看到的女人，然后动手袭击。"

"搞什么啊，原来是这样，"中原不禁感到失望，"既然这样，我怎么可能认识这个男人？"

"嗯，是啊，是这样没错啦……"佐山言语吞吞吐吐起来。

"你说是为了钱财，有被抢走什么东西吗？"

"他说抢走了皮包，他去警局自首时，据说只拿了皮包里的皮夹。他说把皮包丢进附近的河里，而皮夹里有滨冈女士的驾照。"

"那不是符合他的供词吗？"

"目前只能这么认为，但有几个无法解释的疑点，所以我才会来找你。"

"哪些疑点？"中原说完，立刻轻轻摇了摇手，"对了，你不能说，不能把侦查上的秘密告诉我。"

"这次没有关系，因为已经向部分媒体公布了相关的事。"佐山苦笑后，一脸正色地向他鞠了一躬，"你女儿那次，真的很对不起。"

"没关系。"中原小声地说。

佐山抬起头说：

"首先地点很奇怪，上次电话中也说了，案发现场在江东区木场，滨冈女士的公寓旁，但町村住在北千住。虽然不能说是相距很遥远，但并不是走路可以到的距离，他为什么要在那种地方犯案？"

中原在脑海中回想着两者的地理位置，觉得的确会产生这个疑问。

"他怎么说？"

"他说没有特别的理由，"佐山耸了耸肩膀，"因为觉得在住家附近犯案很危险，所以搭地铁去其他地方，随便找了一个车站下车，寻找猎物——他是这么说的，说是偶然在木场车站下车。"

"……是这样吗？"

中原觉得不太对劲，却又说不出到底哪里以及怎样不对劲。

"上次有没有和你提到凶器？"佐山问。

"只说是尖刀……"

"剖鱼用的菜刀，在町村的公寓内发现了用纸袋包着的菜刀。菜刀上沾有血迹，DNA鉴定结果，发现正是滨冈女士的血迹。从握把的部分检验出町村的指纹，可以认为是犯案时使用的凶器。"

中原认为那应该算是铁证。

"有什么问题吗？"

佐山抱着胳膊，目不转睛地看着他："为什么没有丢弃？"

"丢弃？"

"丢弃凶器。为什么在犯案后带回家里？通常不是会在路上丢弃吗？只要把指纹擦掉就好。"

"的确有道理……会不会想丢，却没有找到丢弃的地方，结果就带回家了？"

"他也这么说，只说没有多想，就带回家了。"

"既然这样，不是只能相信他吗？"

"是啊，只是总觉得无法接受。町村供称，他想到可以去抢钱，就把菜刀放进纸袋后出门，搭了地铁，在木场下车并没有特别理由。刚好看到一个女人，于是就跟踪她，确认四下无人后，从背后叫了一声。女人转过头，他就亮出刀子，威胁女人把钱交出来。女人没有给他钱，试图逃走。他慌忙追了上去，从背后刺中了她。女人倒在地上，他抢了皮包后逃走。"佐山似乎在想象当时的情景，说话的速度很慢，"时间大约在晚上九点之前。你听了他的供词，有没有什么看法？"

中原偏着头说："只觉得他的行为很肤浅愚蠢，但并没有发现什么奇怪的地方……"

"是吗？我们可以反过来推算，町村应该在八点左右带着菜刀离开家里，如果他想要抢钱，你不觉得时间太早了吗？"

"听你这么说，的确……"

"町村说，他并没有在意时间，想到可以抢钱，就立刻出门了。"

中原不知道该怎么回答，他完全无法想象罪犯的心理。

"最令人匪夷所思的是，他为什么来自首。町村供称，他隔天发现自己铸下了大错，所以越想越害怕，想到早晚会遭到逮捕，便决定来自首。只是这些供词听起来很不自然，因为虽然他的计划很粗糙，但还是预谋犯案，从想到要去抢劫到实际付诸行动有超过三十分钟的时间。既然他会在隔天反省，照理说，在三十分钟后，应该会冷静下来，不是吗？"

"这我就不知道了。"中原偏着头说，"犯罪者应该有很多不同的心理吧，也许他并没有真的反省，只是想到早晚会被逮捕，为了减少刑期，所以想要自首。"

"问题就在这里。不瞒你说，町村在这次的犯案中并没有犯下太大的疏失，在第一波搜查行动中并没有发现重要的证据，原本以为案情会陷入胶着。问他为什么他觉得早晚会被抓到，他也说不出所以然，只说日本警察很优秀，一定会查到他是凶手。既然事后会这么想，一开始就不会做出犯罪行为吧？"

中原"嗯"了一声。佐山的话很有道理，但人做的事往往不合理。

"他也说不清楚袭击滨冈小夜子女士的理由，"佐山继续说道，

"只说看起来身上应该有钱，却说不清楚判断的根据，只说他有这种感觉。虽然这么说对死者很失礼，但滨冈女士身上的衣服并不高级，穿着衬衫和长裤，很普通的打扮。如果刚去银行的自动提款机取钱，或许还情有可原，但并不是这样。即使她带了皮包，也无从得知她皮夹里有多少钱，很难想象会对这样的人下手。"

中原听了佐山的解释，也渐渐觉得不像是只为了钱财犯案。

"刚才的相片，可以再给我看一次吗？"

"当然可以，请你仔细看清楚。"

中原再度仔细看着佐山递给他的相片，但结果还是一样，他不记得曾经见过这个男人。中原轻轻摇了摇头，把相片还给了佐山。

"他住在北千住，有没有家人？"

原本以为他没有家人，但佐山的回答出乎意料。町村有一个已经出嫁的女儿，目前住在目黑区的柿木坂。

"我们去找他女儿了解情况，发现她住的房子很漂亮，她老公是大学医院的医生。"

"所以经济上应该很宽裕。"

"应该是。事实上，她之前也曾经多次接济町村，虽然町村住在廉价公寓，但也是靠女儿、女婿的帮忙，才能住到现在。"

"他却犯下这起案子？"

"你是不是觉得很奇怪？但在调查后，发现事情不像表面上这么单纯。"

"怎么说？"

"简单地说，就是他和女儿的关系不好，女儿也不是很乐意接济这个父亲，"佐山说到这里，好像在赶苍蝇般挥了挥手，"不，这件事就不多说了。"

他似乎觉得透露了太多嫌犯的隐私。

"这张相片有没有给小夜子的家人和朋友看过？"中原问。

"当然，但没有人认识他。老实说，原本期待可以从你这里找到线索，因为我觉得你最了解滨冈女士。她的父母也这么说。"

"小夜子的父母还住在藤泽吗？"

佐山点了点头。

"还住在那里，这次的事对他们造成了很大的打击。"

中原想起小夜子父母的脸。在爱美还是婴儿时，他们争着想要抱她，小夜子的母亲滨冈里江经常说："你们夫妻可以出国旅行，我帮你们带孩子，几天都没关系。"

"目前还无法查到被害人的行动路线。"佐山摸着已经冒出胡渣的下巴。

"你是指命案发生前，小夜子的行动吗？"

"对，町村说，是从木场车站开始跟踪她，但目前完全不了解滨冈女士在此之前的行动。虽然问了她的同事和朋友，但没有发现任何线索。"

"会不会是出门买东西？"

"也许吧，但并没有发现她买了任何东西，当然，有时候只是去逛逛。"

"你刚才说，皮包被丢进河里了，有没有查过她的手机？"

"当然有，"佐山很干脆地回答，"根据她留在家里的收据，立刻查到了电信公司，在征求家属同意后，调查了两部手机。"

"两部手机？"

"智能手机和传统手机，就是所谓的双手机族。因为如果只是打电话，传统的手机比较方便，尤其现在很多人都不是在某个固定地点工作。"

"不是在固定地点工作……吗？小夜子做什么工作？"

"听说是出版相关的工作，需要外出采访。"

"哦……"

中原想象着小夜子同时操作两部手机的样子，再度发现小夜子和自己生活在不同的世界。

"听相关人士说，滨冈女士随身带着小记事本，好像都放在皮包里。虽然可能和本案无关，但至今仍然没有找到，这让人耿耿于怀。"佐山说话时看了看手表，然后站了起来，"已经这么晚了，感谢你今天的协助。"

他似乎觉得继续问下去，也问不出什么新内容。

"对不起，没有帮上任何忙。"

"千万别这么说，日后如果想到什么，请随时和我们联络，即使再微不足道的事也无妨。"

"好，但请你不要抱有任何期待。"

把佐山送出大门后，中原回到办公室。低头看着桌子，发现那张写了"町村作造"的便条还留在桌上。

这个名字很陌生，应该和自己无关，但未必小夜子没有关系。离婚至今五年，她应该有了自己的人生。

他突然想起一件事，拿出了手机，从通讯录中找到小夜子娘家的电话，犹豫片刻，拨打了那个号码。

电话很快就接通了，他还在思考该怎么开口，电话铃声断了，传来一个老妇人的声音。"喂，这里是滨冈家。"一定是滨冈里江。

中原犹豫了一下，报上自己的名字。对方愣了一下，随即用压抑的声音"哦哦哦"了几声。

"道正……好久不见，最近还好吗？"

这个问题很难回答，只能不置可否地回答："马马虎虎。"虽然很想问："你们最近好吗？"但勉强把这句话吞了回去。因为他们的女儿刚遇害不久。

"呃……刑警告诉我关于命案的事。"他小心翼翼地提起这件事。

"哦，是吗？对，刑警应该也会去找你。"里江声音中透露出她的难过。

"我很惊讶，不知道该说什么好，也不知道怎么会发生这种事……"

"对啊，为什么我们家老是遇到这种事？刚才我也对我老公这么说……我们根本没有做任何坏事，只是好好过自己的日子……"里江开始呜咽，渐渐泣不成声。中原心想，早知道不应该打这通电话。

"对不起，"里江向他道歉，"你特地打电话来，我却在电话中哭。"

"我在想，是不是有我可以帮忙的地方。"

"谢谢，现在脑中还一片空白，但终于觉得该做的事还是要做。"

"该做的事？"

"葬礼，"里江说，"警方终于把遗体送回来了，今天晚上是守灵夜。"

从车站搭出租车到殡仪馆只要几分钟，殡仪馆位于绿树成荫的大墓园内。

小夜子的守灵夜安排在小型灵堂举行。僧侣的诵经声中，中原跟着其他吊唁者上了香，在小夜子的遗照前合掌。相片中的小夜子露出了笑容。看到小夜子和自己离婚后终于可以露出笑容，中原内心稍稍松了一口气。

小夜子的父母已经察觉到中原的出现，当他上完香，来到他们面前时，里江小声对他说："如果你不赶时间，等会儿我和你稍微聊一下。"里江原本个子就很矮小，现在好像更矮了。

"好。"中原轮流看着曾经是他岳父母的这对老夫妻。小夜子的父亲宗一对他点了点头，身材魁梧的他脸颊也凹了下去。

灵堂隔壁的房间准备了酒菜招待来参加守灵夜的人，中原在角落的座位慢慢喝着啤酒。有几个人向他打招呼，都是小夜子的亲戚。他们都知道中原和小夜子绝对不是因为感情不好离婚，所以才会走过来和他聊天。

"你目前在做什么？"比小夜子年长三岁的表姐问道。

中原说明了目前的工作内容，在场的所有人都露出惊讶的表情。

"动物葬仪社？为什么想到做这种工作？"另一个男亲戚问道。

"只能说是因缘巧合吧……"

他简单说明了从舅舅手上继承这家公司的情况。

"这个工作很不错，和这里一样，和人类的葬仪社差不多。在宁静、安心的气氛中，静静地做自己该做的事，而且和人类的葬礼不同，完全没有利害得失或是怨恨，丧主单纯地为心爱的宠物死去感到悲伤。每次看到这一幕，心情就会很平静。"

那些亲戚听了中原的话都闭口不语，他们一定想到了爱美的死，以及小夜子冤枉的死。

"改天再聊。"他们纷纷离去，中原目送他们的背影，心想以后应该不会再见面了。

不一会儿，里江走了过来。

"道正，谢谢你特地赶来……"她用手帕按着眼角，一次又一次鞠躬。

"这次的事，真是太令人难过了。"

里江缓缓摇着头。

"我至今仍然无法相信，警察打电话到家里时，我还以为在说爱美的事。因为听到警察在电话中说，有可能是他杀时，我还在想，他到底在说什么？为什么重提十几年前的事，但仔细听了之后，才知道是小夜子被杀了……"

"我能理解，因为我也一样。"

里江抬起头，用布满血丝的双眼看着他。

"是啊，我相信你应该最能够理解我们的心情。"

"警视厅的刑警佐山今天来找我，说凶手是为了钱财袭击小夜子的。"

"好像是这样，真是太过分了，竟然为了钱行凶杀人。"

"听佐山刑警说，如果认为是为财杀人，有很多不合理的疑点，所以他怀疑小夜子和凶手之间是否有什么关系。"

"他也这么问我，但我完全不认识那个男人，我老公也说不认识，也从来没有听小夜子提起过。她不可能和别人结怨，我想应该和凶手没有任何关系。"里江说话的语气有点激动，她一定不愿想象自己的女儿和杀人凶手有什么关系。

里江问了中原的近况，他说了目前的工作，她一脸了然于心的表情，点了点头。

"很棒的工作，很适合你。"

"是吗？"

"对啊，因为你很善良。在爱美出事之后，你就经常说，越是幼小的生命，越是需要大家好好保护。"

"是吗？"

"对啊，所以发生那件事时，我真的觉得上天不长眼。"

中原记得自己在审判时说过这句话，但不记得之前就曾经说过，然而如今已经无法确认，到底是自己忘了，还是里江记错了。

"听说小夜子一个人住，她过着怎样的生活？"

里江听到中原的问题后愣了一下。

"她没有告诉你吗？"

中原摇了摇头。

"离婚之后，我们几乎没有联络，她应该也不知道我目前在做什么工作。"

"是这样啊。"

里江说，小夜子在娘家住了一阵子后，一位在杂志社当编辑的同学为她牵线，开始做自由撰稿人的工作。

中原想起小夜子在婚前曾经做过广告文案的工作，当初也是因为共同合作一个案子，才会认识在广告公司工作的中原。那个企划是为了让没落的城镇获得重生，但最后不了了之。

"一开始只是写与女性时尚和美容相关的文章，之后开始接了不少有关少年犯罪、工作环境等社会问题的工作，经常去各种不同的地方采访，之前听她说，最近正在调查偷窃瘾的事。"

"哦，小夜子她……"

虽然中原发出意外的声音，但立刻觉得其实并没有太意外。她和中原结婚之前，就经常在假期独自出游，而且通常都去印度、尼泊尔、南美这些连男人也却步的国家和地区。她经常说，因为想去探寻陌生的世界，所以当然要去那些地方。回想起来，她的个性原本就很活泼。

"妈妈，她……小夜子在那之后，有没有稍微走出悲伤？关于爱美的事，她的心情是否稍微平静了些？"

"不清楚，"里江偏着头说，"我相信应该没有，你呢？"

"我……老实说，完全不行。至今仍然经常想起那时候的事，越是想要想一些开心的事，反而越会想起更多痛苦的事。"

里江扭着身体，似乎完全能够理解。

"小夜子之前也曾经这么说，她说，可能这辈子都无法摆脱这种痛苦，但即使原地踏步或是向后看也无济于事，所以只能向前走。"

"向前走吗？"

中原搓了搓脸，小声地嘀咕："她真的很坚强。"相较之下，自己呢？这五年来，一直在为内心的伤痛叹息。

"小夜子和我离婚后，没有交男朋友吗？"

"不太清楚，因为她向来不和我聊这方面的事，但至少最近没有，如果有的话，今天晚上应该会出现。"

言之有理。中原点了点头。

里江似乎突然想到了什么，问中原：

"你没有参加遗族会吧？"

"遗族会？"中原觉得里江问得很突然，一时不知道怎么回答。

"好像是叫被害者遗族会，为那些因为杀人事件失去家人的家属提供咨询和援助的团体。"

中原曾经听过这个团体的名字，在一审做出他们难以接受的判决，他们感到心浮气躁时，曾经有人建议，有这样的团体，要不要去咨询一下。之后因为在二审中判处了死刑，所以也就没有和那里联络。

"小夜子加入了那个团体。"

听到里江这么说，中原忍不住挺直了身体问："是吗？"

"她说，虽然爱美的案子中，凶手被判处死刑，但还有很多人因为不合理的判决深受折磨，她希望能够助那些人一臂之力。她去当义工，也会参加演讲和会议。只是她说不希望别人知道她参加了那个团体，因为会有所谓的抵抗势力。"

"原来她去参加了这些活动……"

虽然她内心也承受了很大的伤痛，却想要助他人一臂之力。不，也许正因为了解内心的伤痛永远无法愈合，所以才决心和他人共同分担这种痛苦。小夜子所说的向前走，就是指这件事吗？中原越来越觉得自己很没出息。

"这件事有没有告诉警察？"

"有，"里江用力点了点头，"因为我在想，会不会和这起命案有关，既然她这么努力，我认为没必要隐瞒。"

所以，佐山也知道这件事。不知道那位刑警听了刚才这些话，会有什么感想。

"我可以请教一个问题吗？"中原问，"刚才那张遗照是什么时候拍的？她的笑容很美。"

"你是问那张相片吗？"里江痛苦地皱起眉头，"我不太敢大声说这件事，那是在某起命案的审判中，做出死刑判决时拍的相片。她参加了支持遗族的义工活动……说来真悲哀，只有在别人被判处死刑时，才能够笑得出来。"

中原低下了头，很后悔自己问了这件事。

中原向里江道别，准备离开殡仪馆时，一个女人叫住了他。那个女人年约四十岁，一头短发，给人的感觉很稳重。

"你是中原先生吧？"

"是啊。"

"我是小夜子的大学同学，叫日山，之前去参加了你们的婚礼。"

她递上的名片上印着出版社、部门和日山千鹤子的名字。中原不记得在婚礼上见过她，但似乎从小夜子口中听过她的名字。

中原慌忙递上自己的名片。

"该不会是你帮小夜子介绍工作的吧？"他想起里江刚才告诉他的事。

"对，最近也委托她写了一篇稿子……没想到会发生这种事。"日山千鹤子眼眶湿润，看着中原的名片，睫毛动了一下，"哦，原来你目前在做这个工作。"

无论在什么场合，大家都会对中原的工作感到好奇。

"我每天都和小生命打交道。"

日山千鹤子听了，深有感慨地点了点头。

她身后站了另一个女人，似乎和她一起来的。年纪有三十五六岁，个子矮小，五官很端正，脸上只有很淡的妆。"那位是？"中原问。

日山千鹤子回头看了一眼，回答说："是小夜子采访的对象，小夜子帮了她很多忙，听到我说要来参加守灵夜，她说也想来上香。"说完，她叫了那个女人一声："井口小姐，你过来一下。"

井口小姐战战兢兢地走了过来，站在中原面前，微微欠了欠身。

日山千鹤子告诉她说，中原是小夜子的前夫。

"我是井口。"女人自我介绍着，她似乎没有名片。她的脸上带着愁容，可能是为小夜子的死感到哀伤。

"小夜子为什么事采访你？"中原问。

井口的脸上露出困惑的表情。看到她不知如何回答，中原知道自己问了不该问的事，立刻道歉说：

"对不起，可能牵涉隐私吧？你不必回答我，没关系。"

"不久之后，就会刊登报道，"日山千鹤子解围道，"等那一期杂志出来后，我会寄一本给你，而且那也是小夜子最后写的报道。"

中原更觉得一定要看。

"是吗？那就麻烦你了。"

"那我们就先告辞了。"日山千鹤子带着那个姓井口的女人离开了。中原目送着她们的背影，突然想到，如果遇害的不是小夜子，而是自己，不知道有哪些人会来上香。

小夜子的葬礼在守灵夜的隔天顺利举行，但中原没有参加。

葬礼后的一个星期，中原接到了佐山的电话。因为没有找到新的证据，所以将会根据町村本人的供词起诉。

中原告诉佐山，听说小夜子加入了被杀害者遗族会这件事。

"我也听说了，我们也去那里调查过了。"佐山显然对这件事并没有太大的兴趣。

"没有发现任何线索吗？"

"没错。木场车站旁的监控摄像头拍到了滨冈女士，和跟在她身后看起来像是町村的身影，这样应该就没错了。"

"所以，只是单纯为了钱财杀人吗？"

"恐怕会以这个方式结案。"

"佐山先生，你接受这样的结果吗？"

电话中传来叹气的声音。

"只能接受，身为刑警能做的也只有这些了。"

中原感受到他没有感情的声音似乎在说，他并不接受这样的结果。

接下来就是审判了，中原心想。小夜子的父母将再度走进法院。

　　这起案子八成不会判处死刑。在路上杀害一名女性，抢走了她的钱——这种程度的"轻罪"不可能判死刑。这个国家的法律就是这么一回事。

　　"这次感谢你的协助，"佐山在电话中说，"等告一段落后，我会当面向你道谢。"

　　虽然中原觉得这句话只是客套，但他还是回答说："恭候大驾。"

第二章　　仁科家的烦恼

———————— 花惠摇了摇头。想这些事也没用，因为时间无法重来。

5

　　庆明大学医学院附属医院的一楼大厅内几乎没什么人影，门诊挂号只到五点为止，现在已经快七点了，只剩下已经看诊结束、正在等待结账的人。

　　仁科由美在大厅内巡视，在柜台旁的椅子上，看到了正在看周刊杂志的史也。他没有穿白袍，可能不想引起别人的注意。

　　由美走过去打了招呼："让你久等了。"

　　史也抬起头，"哦"了一声，对她点了点头，合上正在看的周刊，站了起来，没有多说什么，就自顾自走了起来，似乎暗示她跟着走。

　　"对不起，突然找你。"由美追上他后道歉。

　　"不，没关系。"史也看着前方回答。听到哥哥有点冷漠的语气，由美心想，哥哥可能猜到了自己此行的目的。

　　他们搭手扶电梯来到二楼。史也快步走在走廊上，转了几个弯后，由美已经搞不清楚方向了，决定离开的时候也要请哥哥带路。

　　史也在一个房间前停下脚步，打开拉门，示意她进去。

　　室内很宽敞，分不清是仪器还是治疗器材的机器围在中央的大桌子周围，桌上放着电脑。

史也拉了一张铁管椅给她，她坐了下来，不经意地看向电脑，发现屏幕上有一张黑白的图像。由美当然不知道那是什么。

"是脾脏。"史也指着电脑屏幕说道。

"皮脏？……哦，原来是脾脏。成年之后，就不太需要这个器官了吧？"

"没这回事，脾脏具有造血功能和免疫功能，不过即使切除，也不会对人体造成太大的影响。"

"哦，那么这个脾脏怎么了？"

"脾脏肥大，才三岁，就这么大。"

由美再度看着屏幕。即使听史也这么说，她也不知道脾脏的正常大小，所以无法回答任何话。

"你应该没听过'NPC'的病名吧？"

"'NPC'？"由美跟着念了一遍，摇摇头说："我不知道。"

"正确的病名是尼曼匹克症 C 型，那是劣性遗传导致的遗传性疾病。病童之前在心智方面和运动功能上就有发育迟缓的现象，因为发烧和呕吐，发现脾脏肥大，一开始查不出原因，但在经过多项检查后，确认是'NPC'病，通常应该在细胞内分解的废物，也就是胆固醇，无法分解，导致不断累积，你知道结果会怎么样？"

"怎么样……胆固醇不断累积，虽然是小孩子，但也会得成人病之类的？"

史也轻轻摇了摇头。

"没那么简单，如果只是胆固醇累积，只要用治疗的方法减少胆固醇就好，更严重的问题是，无法正常产生，也因此欠缺胆固醇分解而生成的物质，结果就会造成神经症状越来越严重，无法活动，无法说话，无法看东西，也无法饮食。通常在幼年时发病，很少有人可以活过二十岁。"

"……有办法治疗吗？"

"缺乏有效的治疗方法，目前日本的确诊病例有二十人，我们大学完全没有这方面的治疗经验。科学真的很无力，进步太缓慢了，所以根本没时间浪费在一些无聊的事上。"史也关掉了屏幕。

听到最后一句话，由美终于知道哥哥为什么对自己说病人的事了。他果然知道自己今天造访的目的，所以才特别叮嘱，自己没时间浪费在无聊的事上。

我也不想做这种事啊。由美也很想这么说。

昨天晚上，她发短信给史也，说有重要的事想和他谈一谈，可不可以见面？而且还补充了一句：希望别告诉花惠。

史也立刻回复说，你明天晚上七点左右来医院的大厅。他没有约在咖啡店之类的地方，也许已经察觉由美要说的事不方便给别人听到。

"那么，"史也用冷漠的眼神看着她，"你找我有什么事？"

由美坐直身体，面对着哥哥。

"之前我去见了妈妈，因为她说有重要的事找我。"

"妈妈身体还好吗？"

"嗯……身体方面好像没有异常。"

她特别强调了"身体方面"这几个字。

"那很好啊。"史也面无表情地说，"所以呢？"

由美重重地吐了一口气后开了口。

"她要我来说服你和花惠离婚。"

史也冷笑了一声，不屑地撇着嘴角。

"果然是这件事，你接了一桩苦差事。"

"既然你这么觉得，可不可以稍微考虑一下？应该说——"由美注视着哥哥黝黑的脸庞问："你从来没考虑过吗？"

"没有。"史也冷冷地说，"为什么要考虑这种事？"

"因为，"由美环视了一眼室内，将视线拉回到哥哥脸上，"大学或是医院方面没有对你说什么吗？"

"说什么？"

"就是命案的事啊。"

史也抱起双臂，微微耸了耸肩。

"老婆的父亲杀了人，居然还可以这么若无其事的吗？"

"应该不至于有人说这么过分的话……"

"有人在背后说这些话。"史也一派轻松地说。

由美睁大了眼睛："大家果然都知道了。"

"刑警来过大学几次，向我周围的人了解了情况。虽然刑警没有提是哪一起事件，但想要查的话并不难。在木场发生的那起杀人案的凶手姓町村，我老婆婚前也姓町村，对喜欢上网，又整天闲着无聊的人来说，当然是最好的八卦题材。可能不到一天的时间，就传遍整个医学院了吧。"

"原来有这种事，那你没关系吗？"

"有什么关系？反正又不会开除我，我还是像以前一样，在小儿科当医生。"

"但大家不是都在背后议论纷纷吗？妈妈担心你以后在大学或是医院的处境会很为难。"

"不必她操心，你转告她，叫她这外行人闭嘴。"

"那家里呢？邻居怎么样？会不会用奇怪的眼神看你们？"

"这我就不知道了，我很少遇见邻居，所以不清楚，花惠也没有对我说什么。但刑警应该也去向邻居打听了，所以不可能不知道。"史也一副事不关己的态度。

由美用力深呼吸后说：

"哥哥，我再问你一件事，你有没有为我们设想？有没有为我和妈妈考虑过？"

史也皱起了眉头，用指尖抓了抓眉间："有给你们造成困扰吗？"

"并没有给我造成困扰，虽然刑警来找过我，但好像并没有找我的朋友。但妈妈就不一样了，亲戚都责备、批评她，说要赶快让你们离婚，他们还担心，继续这样下去，会对我的将来造成负面影响。但仔细想一想的确有道理，哥哥的岳父是杀人凶手——这个消息足以让对方打消向我求婚的念头。"

史也叹了一口气，把一只手放在桌上，用食指敲了桌面好几次，似乎表达了他内心的焦虑。"那要不要断绝关系？"

"啊？什么意思？谁和谁断绝关系？"

"我无意和花惠离婚，如果这样会造成你们的困扰，那只有和你们断绝关系了。"

"哥哥，你是认真的吗？"

"我当然是认真的。无论别人说什么，你只要说，我早就和那种哥哥断绝关系了，不就解决了吗？"史也看了一眼手表，"不好意思，我不想让这件事占用我太多时间。"

"我再问你一件事，听说律师费是你出的，真的吗？"

"对啊。"

"为什么？"

"我无法理解你问这个问题的理由。我岳父成为被告，当然要雇用律师啊。"史也瞪着由美，似乎在威胁她，不允许她反驳。

由美垂头丧气地站了起来："打扰了。"

和刚才进来时一样，史也为她打开拉门，来到走廊上后，史也开了口："也让我问一个问题——为什么没问小翔的事？"

由美愣了一下，惊讶地问："小翔的什么事？"

"那些亲戚不是很担心你的将来吗？那小翔呢？他们不担心吗？你呢？你有没有担心？"

"这……"由美舔着嘴唇，思考着该怎么说，"当然担心啊，但我觉得这是你要考虑的事。因为小翔是你儿子啊。"

"当然啊。"

"那你就好好为他考虑。"由美说完，迈开了步伐。

史也送她到手扶电梯前，临别时，由美向他道歉："对不起，打扰了你的工作。"

"我才要对不起，增加了你的困扰。"

听到史也这句话，由美惊觉，这是他今天第一次向自己敞开胸怀。

"工作不要太累，把身体搞坏了。俗话说，医生最不懂养生。"

"好，我会注意。"

史也点了点头，嘴角露出笑容。由美看到他的笑容，搭上手扶电梯时想，哥哥应该也很痛苦。

由美在静冈县富士宫市出生长大，父亲在当地经营一家食品公司，家中的经济状况不错。家庭成员有父母、祖母、比她大五岁的史也，还有浅棕色的柴犬，史也考上了东京庆明大学医学院，所以最先离家。这是仁科家天大的喜事，收到大学的录取通知书后，父亲邀下属到家里，在庭院里举办了烤肉派对。父亲不停地吹嘘，史也怒气冲冲地躲进自己的房间，没有再走出房间一步。

接着，祖母离开了那个家。有一天，她倒在庭院里，然后在医院离开了人世，死于心脏衰竭。祖母去世后，她疼爱的柴犬也开始病恹恹的，不吃食，动作也开始迟钝。请兽医诊察后，兽医只说它老了。不久之后，它就跟着祖母离开了人世。

由美和哥哥一样，在十八岁那一年的春天考上了东京的大学后离家，只不过她考取的学校完全无法和庆明大学医学院相提并论，父亲识破了她，对她说："你去东京只是因为想在大城市好好玩一场吧。"

父亲在两年前因为蛛网膜下腔出血突然撒手西去。那时候他刚把公司交给年轻人，想要好好享受余生。

曾经热闹的家如今只剩下母亲妙子一个人，六十出头的妙子身体健康，还依然健谈。父亲在世时，只要一有空，她就会打电话给由美，东家长西家短地抱怨数落一番，又追根究底打听由美的交友关系，父亲死后，这种情况更严重了。

最让由美感到忧郁的，就是妙子整天说史也的妻子，也就是花惠的坏话。说她脑筋不好，家教不好，不会做家务，长得一点也不漂亮，可说是很不起眼——妙子批评时毫不留情。最后总会加上这句话：

"真搞不懂，史也怎么会在那种笨女人身上晕船？"

在这个问题上，妙子不允许别人反驳，否则等于在火上浇油。有一次，由美忍不住说："有什么关系嘛，只要哥哥喜欢就好。"没想到妙子反唇相讥："我是因为不忍心眼看着他越来越不幸，你真是无情。"然后喋喋不休地数落了她很久。那次之后，无论母亲说什么，她都左耳进，右耳出，只说："是啊，是啊。"

史也和花惠五年前结婚，既没有举办婚礼，也没有摆设婚宴，只是某一天突然去登记结婚。由美接到妙子的电话，才知道这件事。妙子在电话中怒气冲冲地问："他说他们登记了，你知道这件事吗？"

不久之后，史也就带着花惠回家了，一看到媳妇，父母立刻察觉到是怎么一回事。因为花惠怀孕了，已经八个月了。

他们原本只是玩玩而已，没想到对方怀孕了，很有责任感的史也决定娶她——父母只能这么解释。听说这件事后，由美也这么认为。

妙子认定花惠是迷惑儿子的坏女人，对她的第一印象就很差。

由美并不是无法理解母亲的心情。虽然平时很少来往，但参加丧事时会见到花惠，每次都忍不住纳闷，哥哥为什么会娶这个女人，只是这种感觉不像妙子那么强烈而已。花惠不太机灵，也很粗心大意，无论做什么事都丢三落四。每次看着她的举手投足，都忍不住让人心浮气躁。

但是，她的个性很不错，温柔婉约，待人也很亲切，最重要的是，可以感受到她很爱史也，凡事都以史也为优先，几乎放弃了自我。也许史也认为自己是研究人员，需要这种类型的妻子。

由美很清楚，妙子对花惠的不满不光在于她本身。妙子经常说花惠"没家教"，也是因为她父亲的关系。

由美对花惠几乎一无所知，因为史也绝口不提花惠的事，只知道她似乎没有家人，所以一直隐约觉得花惠是举目无亲的孤儿。

没想到并不是这么一回事。她的父亲住在老家富山县。在由美的父亲去世半年后，妙子在电话中告诉了由美这件事。

"我太惊讶了，他突然打电话给我，说要把花惠的父亲接去他家同住。我一开始完全听不懂他在说什么。"

听妙子说，町公所为了节省低收入户补助的开支，调查了低收入者的家属，发现其中一名低收入者的女儿在东京嫁给了一位医生。那个女儿当然就是花惠。

"什么意思？哥哥要照顾他吗？又不是亲生父亲，根本没有照顾他的义务啊。"

"我也这么说，但他说，已经决定了。他很顽固，根本不听我的话。"母亲在电话中叹着气。

不久之后，史也把花惠的父亲介绍给妙子认识。用妙子的话来说，那个叫町村作造的人是"像鱼干一样的老头子"。

"那个人不苟言笑，根本不知道他在想什么，问他话也回答不清楚，总之，他的一举手一投足都很没品。我终于知道了，正因为有这样的父亲，她才会这么没家教。"最后一句话是在数落花惠。妙子还心灰意冷地补充说："有那个老头子在，我以后更不能去史也家了。"

妙子的不满稍微消除了一些，因为最后史也并没有和他的岳父同住。虽然请他来到东京，但另外为他租了公寓，并没有生活在一起。由美不知道详细情况，听说是花惠不愿意同住。

"花惠好像一直很讨厌她父亲。"妙子在电话中说这句话时有点得意。

由美没有见过町村作造，也不知道史也给他多少帮助。虽然是哥哥，但终究是别人家的事。由美有自己的生活。她从大学毕业后，在一家大型汽车公司上班，在东京总公司负责专利业务，忙得根本没时间交男朋友，所以她觉得只要哥哥满意，旁人无可置喙。

但是，一个月前发生的事对她造成了很大的冲击。她不愿意相信。虽然一如往常地是妙子告诉她这件事，但妙子在电话中哭了起来。

妙子在电话中说，町村作造杀了人。

"好像是真的，刚才史也打电话给我，说他岳父去警局自首了。虽然不知道接下来会怎么样，但先打电话告诉了我一声。"

"怎么回事？他杀了谁？"

"这还不知道，史也说，他也不太清楚。到底该怎么办？竟然有亲戚是杀人凶手……早知道就应该不理那种老头子啊。"妙子在电话那头哭喊着。

不久之后，由美从网络的报道中得知了关于事件的详细情况。地点位于江东区木场的路上，住在附近的四十岁女人遭到杀害，皮包被人抢走，内有被害人的皮夹。凶手用刀威胁被害女子，想要抢夺财物，但因为女子想要逃走，所以就从背后刺杀——报道中说，町村作造如此供述。

简直就是不经大脑思考的犯罪行为。如果和自己无关，她一定会带着冷笑看这篇报道，很可惜，这次的事件并非和自己无关。由于对从未见过面的町村作造产生了强烈的憎恨，由美觉得妙子说得完全正确，早知道就应该不管他的死活。

案发后一个星期左右，一个男人来公司找她。那个男人对前台说，他姓佐山，是仁科史也的朋友。由美接到前台的电话后，就产生了某种预感。

她的预感完全正确，在会客室见了面的那个人是警视厅搜查一科的刑警，体格很壮硕，即使在笑的时候，眼神仍然很锐利。

佐山问的第一个问题，就是她对这起事件有什么看法。

"我觉得很愚蠢，觉得他丧心病狂。"由美斩钉截铁地说。

"有没有觉得难以置信，或是觉得他——町村作造不太会做这种事？"

由美摇了摇头："我从来没见过他。"

"是吗？"佐山露出不悦的表情。

"你最后一次和你哥哥，还有他的家人说话是什么时候？"

"我父亲去世满两周年的忌辰……应该是五个月前。"

"当时你哥哥和嫂嫂有没有什么和以前不一样的地方？"

"不一样的地方？"由美忍不住皱起了眉头。

"任何事都无妨，比方说，他们好像在吵架，或是好像有烦恼之类的。"

"不知道。"由美偏着头，觉得刑警问的都是一些奇怪的问题。

"因为很少说话，所以不太清楚。"

"那么，"佐山拿出一张相片，"最后请问一下，你认不认识这个人？"

相片上是一个看起来很好强的短发女人，年纪大约不到四十岁，长得很漂亮。因为她没见过，所以就实话实说了。

"你有没有听过滨冈小夜子这个名字？"

"滨冈小夜子……"说出这个名字后，由美立刻猜到了，"该不会是那名被害女子？"

佐山没有回答，又继续问她："在案发之前，你曾经听过这个名字吗？"

"没有。为什么这么问？不是刚好在路上遇到她，所以就行凶了吗？难道不是吗？"

佐山也没有回答这个问题，说了声："谢谢你的协助。"把相片放进了皮包。

由美事后才知道，那天有其他刑警去了妙子家，也问了相同的问题。

"刑警是不是认为他们之间有什么关系？"由美随口说道。

"有什么关系？"

"就是老头子和被害人之间啊，否则应该不会问那些问题吧？"

"为什么？老头子不是为了钱财行凶吗？根本没有挑选对象吧？"

"是啊……"

母女俩讨论了半天，也无法得出任何结论。

之后，由美完全不知道办案是否有进展，佐山也没有再来找她。

正如她对史也所说的，不久之前，妙子打电话找她，说有话想要当面和她说，叫她回富士宫一趟。

听到妙子说要她去说服史也和花惠离婚时，她几乎说不出话，忍不住问妙子："那你为什么不自己说？"

"你觉得他会听我的劝说吗？"妙子拿着茶杯，皱着眉头说。

应该不可能。由美心想，但她也不认为自己有办法说服哥哥。

"也许吧，但不管怎么样，你试着劝劝他。史也只对你特别好，拜托了。"

看到母亲合掌拜托，由美无法拒绝，只能很不情愿地答应试试。

"其实在发生这件事之前，我就觉得应该想办法处理这件事。"妙子突然压低嗓门说。

"想办法处理？"

"就是花惠的事啊，我一直觉得应该劝史也离婚。"

"为什么？因为她不聪明，而且家教不好吗？"

妙子皱着眉头，轻轻摇了摇手。

"不是啦，我是觉得小翔有问题。"

"哦。"由美点了点头，她知道母亲想要说什么。

"你不觉得有问题吗？上次你爸去世满两周年的忌辰时，你也看到了吧？你觉得怎么样？"

"是啊……"由美的语气很沉重，"的确不像哥哥。"

"对吧？亲戚也都这么说，一点都不像。"

"但哥哥坚称是他的儿子，既然这样，外人就没资格说三道四。"

"史也被骗了，我猜想花惠除了史也以外，另外还有一个男朋友，就是脚踏两条船，但以结婚对象来说，史也的条件更好，所以她才嫁给史也，没想到孩子出生之后，发现是另一个男人的。一定就是这样，花惠可能在生孩子之前就知道了，因为女人心里最清楚了。真是的，史也顽固得要死，心却很软。"

虽然没有证据，但妙子语气很坚定，由美也猜想八成是这么一回事。不光是史也，仁科家所有人的长相都属于典型的日本人，轮廓不深，眼鼻也都很小，但小翔的五官轮廓很深，眼睛也很大，而且眼睛也和史也不一样，是双眼皮。无论怎么看，都完全找不到任何像史也的地方。

妙子建议去做DNA鉴定。

"只要去鉴定一下，就一清二楚了。如果知道不是自己的亲生儿子，史也就会改变想法吧。"

"要怎么做？你觉得哥哥会答应吗？"

"要瞒着他做啊，等结果出来后再告诉他。"

"不行不行。"由美摇着手，"如果这么做，哥哥一定会大发雷霆，况且，亲子鉴定好像要当事人同意，即使可以瞒着当事人，打官司时，应该也不能当作证据。"

"是吗？那无论如何都要说服史也。"

"我有言在先，这件事别找我哦。光是叫我劝他离婚，我就已经够头痛了，才不敢说什么叫小翔去做亲子鉴定这种事。"

妙子听了由美的话，用力按着自己的太阳穴，好像烦恼得头都痛了。

"真伤脑筋，你是我唯一可以拜托的人。啊，史也又要照顾他那是杀人凶手的岳父，又要养别人的孩子，真不知道他会怎么样。"

由美走出庆明大学医学院附属医院，在去车站的路上，想起了母亲的叹息。妙子认定史也是受骗上当了，但果真如此吗？

她回想起刚才和哥哥之间的对话。

他显然知道周围人都在怀疑他和小翔之间的父子关系，却刻意避免别人触及这个问题。

由美猜想，也许哥哥知道真相。

6

晚上十点多，小翔终于睡着了。花惠悄悄下了床，为儿子重新盖好毯子。小翔举起双手，好像在高呼"万岁"。看着儿子的脸庞，花惠觉得他果然像那个男人。双眼皮，鼻子高挺，而且头发有点自然卷，完全没有任何地方像花惠或史也。

如果像我就好了。花惠心想。如果像母亲的话，即使完全不像父亲，别人也不至于太在意，但因为也完全不像母亲，别人才会觉得奇怪。

她蹑手蹑脚地走下楼梯，发现灯光从客厅的门缝透了出来。打开一看，发现史也坐在桌前。他手拿钢笔，面前放着信纸。

"你在写信吗？"

"对，"他放下了笔，"我想写信给滨冈女士的父母。"

花惠倒吸了一口气。她完全没想到这件事。

"……要写什么？"

"当然是道歉啊。虽然对方收到这种信，也会觉得心里很不舒服，但我们不能什么都不做。"史也把信纸撕了下来，递到花惠面前，"你要不要看一下？"

"我可以看吗？"

"当然啊，是以我们两个人的名义写的。"

花惠在藤椅上坐了下来，接过信纸。信纸上用蓝色墨水写了以下的内容。

我们深知你们收到这封信会很困扰，但还是有一些事，无论如何都想要告诉你们，所以提起了笔。即使你们立刻撕了这封信，我们也没有任何话可说，但还是祈求你们能够看一下。

滨冈先生、滨冈太太，发生这样的事，真的很抱歉。我相信你们做梦都没有想到，被自己悉心呵护长大的女儿，竟然会以这种方式被人夺走生命。我们也有儿子，可以想象你们内心的不甘，根本不是用"心痛"两个字能够形容的。

我的岳父所做的事，是人类最可耻的行为，绝对不可原谅。虽然不知道法院会做出怎样的判决，但即使法官认为必须一命抵一命，我们也无话可说。

虽然我们目前还不了解有关案情的详细情况，但根据律师转述的内容，岳父似乎是为了钱财才会犯下这起案子。我们深深地叹息，他做了如此愚蠢的事。

然而，如果是因为这样的动机犯案，我们也必须承担一部分责任。我们隐约知道，高龄又没有工作的他最近手头拮据，听内人说，案发几天前，曾经接到岳父的电话，岳父在电话中要钱，但内人和岳父的关系向来不好，再加上她不想增加我的困扰，所以拒绝给他钱，而且还在电话中对他说，以后不再提供金钱的援助。

虽然不知道岳父的生活到底有多穷困，但如果因为内人拒绝援助，导致他一时鬼迷心窍，犯下这起案子，有一部分原因也在于我们。当我发现这一点时，浑身颤抖不已。我的岳父当然必须受到法律的制裁，我们也必须向你们家属表达诚挚的歉意。

滨冈先生、滨冈太太，可不可以让我有机会当面向两位道歉？即使把我当成是正在牢里的岳父，要打要踢都没有关系。虽然深知这样也无法消除你们的愤怒和憎恨，但我希望可以让你们了解我的诚意，希望能够给我这个机会。

当你们深陷悲伤时，看到这篇文字，或许会更加心烦，再次感到抱歉。

最后，衷心祈愿令千金安息。

正如史也所说，最后写了他和花惠两个人的名字。

花惠抬起头，和史也视线交会。

"怎么样？"

"嗯，很好啊。"她把信纸交还给史也。自己才疏学浅，当然不可能对史也写的文章有什么意见，"你要去和家属见面吗？"

"如果他们愿意见我的话，但恐怕不太可能吧。"史也把信纸整齐地折好，装进放在一旁的信封内，信封上写着"遗族敬启"。"我打算明天交给小田律师。"

小田是作造的律师。

"不知道你爸爸会不会写道歉信，之前小田律师说，打算叫他写。"

花惠偏着头说："他很懒散……"

"表达道歉的意思很重要，和审判有密切的关系。如何减轻量刑，是我们目前最需要考虑的事。所以，我明天会向律师确认一下。"史也打开放在一旁的皮包，把那封信放了进去。"对了，幼儿园的事怎么样了？"

"哦，"花惠垂下眼睛，"还是坚持最好可以转学……"

"幼儿园方面这么说吗？"

"对，今天园长对我这么说。"

史也皱起眉头，抓了抓眉毛。

"即使转学也一样啊，如果那里也有闲言闲语怎么办？又要转学吗？"

"转去远一点的幼儿园应该就没问题了，我猜想这次是藤井太太说出去的。"

史也叹了一口气，环视着室内："所以最好搬离这里吗？"

"如果……可以的话。"

"那就必须先卖掉这里。因为左邻右舍都已经知道这件事了，所以恐怕也不好卖。"

"对不起……"花惠鞠了一躬。

"你没有做错任何事。"史也不悦地说完，站了起来，"我去洗澡。"

"好。"花惠回答后，目送丈夫的背影离去。

花惠开始整理桌子，桌上有好几张揉成一团的信纸。丈夫应该构思了很多次。

只要默默追随史也，或许这次也能渡过难关，所以，自己绝对不能懦弱。花惠心想。

上个星期，小翔对她说，幼儿园的小朋友都不和他玩。花惠一开始没有听懂他的意思，但在多次对话后，终于知道是怎么一回事。

小翔，你的外公是坏蛋，所以，我不能跟你玩——幼儿园的小朋友这么对他说。小翔听不懂这句话的意思，问花惠："外公是坏蛋吗？"

花惠去幼儿园确认，个子矮小的园长先生用谨慎的语气说："我们已经知道了这件事。"然后又告诉花惠，仁科翔的外公杀了人的传闻很快就传开了，有家长打电话到幼儿园问这件事，要求园方处理，园方也不知该如何是好。

显然是住在附近的藤井太太四处散播这件事。藤井家的孩子和小翔读同一所幼儿园，作造被逮捕后，有好几名侦查员在附近打听，应该也去了藤井家。

虽然得知作造犯下这起案子时，花惠就做好了心理准备，但世人对杀人凶手家属的态度很冷漠。花惠能够理解，只要想到和手段凶残的凶手有血缘关系，就会感到厌恶。如果换一个立场，自己也会有同样的想法，而且恐怕也会追究家属的责任，觉得家里有这样危险的人物，竟然没有好好看管他。

只要默默忍受就好。花惠心想。既然父亲犯了罪，自己只能接受这个事实。正如史也所说，目前的首要问题是如何减轻量刑，也就是淡化犯罪行为的残虐性。也许到时候别人看自己的眼神也会有所改变。

内人和岳父的关系向来不好——她突然想到信上的这句话。

这是事实。

花惠的母亲克枝独自经营一家规模不大的居酒屋。她的父母早逝，她很希望自己可以开一家店，所以就去酒店上班，拼命存钱。三十岁时，她终于开了那家居酒屋。

町村作造是经常去居酒屋的客人之一。当时，他是一家经营皮包和首饰的公司的业务员。他对克枝说，总公司在东京，但工厂在富山，所以每周都会来富山几次。

两个人很快就密切来往，进而有了男女关系。作造经常在克枝租的房子留宿，又自然而然地结了婚。他们没有办婚礼，也没有宴客，甚至没有搬家，只是作造搬进来和克枝同住而已。克枝经常叹息："我看男人太没眼光了，只是因为憧憬结婚，没想到一步错，步步错。"

结婚半年后，作造的公司被人检举违反商标法。富山的工厂生产的都是国外知名品牌的仿冒品，在东京和大阪的饭店以特卖会的方式销售。

公司当然倒闭了，但作造向克枝隐瞒了好几个月，迟迟没有告诉她这件事。对于不再去东京这件事，他解释说，因为目前调到负责工厂生产的职位。当克枝得知事实时，肚子里的孩子已经七个月了。

克枝在居酒屋一直工作到分娩，当生下孩子，可以下床活动后，又立刻背着女儿开店做生意。

花惠曾经问她，为什么不叫作造带孩子？母亲皱着眉头回答：

"一旦这么做，他就有理由不出去工作了。"

克枝说，作造这个人只想偷懒。

虽然他曾经外出工作，但并没有持续太久。在花惠的记忆中，从来没看到父亲认真工作过，甚至完全无法把他和工作联想到一起。他不是躺着看电视，就是去打小钢珠，或是在喝酒。花惠放学后去克枝的店时，有时候会在还没有开始营业的店内，看到作造坐在吧台前一边喝啤酒，一边看职业棒球比赛。光是这样也就罢了，只要克枝稍不留神，他就会溜进吧台，从手提式小金库里偷一万元纸钞。当花惠用力瞪他时，他总是露出无聊的笑容，把食指放在嘴唇上，示意花惠不要说。

他不去工作赚钱，还整天玩女人。不知道他去哪里认识了那些女人，整天和一些莫名其妙的女人偷腥。克枝之所以没有提出离婚，是为了女儿着想。因为担心别人会戴着有色眼镜看待在单亲家庭长大的女儿。

花惠高中二年级的冬天，克枝病倒了。她得了肺癌，医生说，很难以手术治疗。

花惠每天都去医院探视，母亲一天比一天瘦弱。有一天，克枝确认四下无人，叫花惠回家后去冰箱找腌酱菜的容器。

"里面有存折和印章，那是我为你存的钱。一定要藏好，绝对不能被你爸爸发现。"

母亲显然在安排身后事，花惠哭着求她不要去想这些事，要赶快好起来。

"嗯，妈妈也会努力。"克枝无力地笑了笑说。

花惠回家之后，打开了冰箱，发现酱菜容器的底部藏了一个塑料袋，里面放了存折和印章。存折里有一百多万元。

那时候，作造和别的女人住在一起，很少回家。花惠不知道是怎样的女人，也不知道她的电话。

有一天，作造为无足轻重的事打电话回家。

花惠在电话中说："妈妈得了肺癌，快死了。"

作造沉默片刻后问："住在哪家医院？"

"不告诉你。"

"你说什么？"

"人渣。"说完，她挂了电话。

那天之后，不知道作造怎么找到了医院，他去医院探视了克枝几次。花惠从克枝口中得知了这件事，但并没有多问，因为她根本不想知道。

克枝很快就离开了人世，当时还不到五十岁，但正因为年轻，所以癌症才会恶化得很快。

在左邻右舍和居酒屋老主顾的协助下举办了葬礼，花惠再次了解到，克枝深受大家的喜爱。作造不知道从哪里得知了消息，也在葬礼上现了身。看到他一副自以为是丧主的样子，花惠难掩内心的憎恶，直到最后都没有和他说一句话。

那天之后，作造每天晚上都回家，但三餐都在外面解决。花惠每天晚上做一些简单的菜，独自吃晚餐。

天一亮，作造就不见人影。每隔几个星期，矮桌上就会有一个信封。打开一看，里面装了钱，似乎是给花惠的生活费。

花惠完全没有任何感激，她知道那些钱是从哪里来的。作造让某个女人继续经营克枝留下来的那家居酒屋，花惠也知道他和那个女人之间的关系。那是心爱的妈妈留下来的店——花惠无法原谅他。

　　高中毕业后，花惠就搬离了家里。她去神奈川县一家电器零件厂上班，虽然知道会在工厂的生产线工作，她对这份工作也没有兴趣，但关键是那家工厂提供女子宿舍——她一心想要离开父亲。她没有告诉作造自己工作的地点和宿舍的地点，在毕业典礼的两天后，寄完行李，自己又带了两大袋行李走出了家门。作造那天也不在家。

　　她回头看了一眼居住多年的房子。这栋不大的独栋房子是克枝恳求房东用便宜的房租出租给他们的，到处都是不忍目睹的破损。虽然发生了很多不愉快，但也有不少回忆，也似乎可以听到克枝的声音。

　　如果没有那个男人，不知道有多好。她诅咒着作造。

　　花惠转身走向车站。这辈子再也不要回到这里，再也不想见到那个男人。她暗自发誓。

　　接下来的十几年，她的确没有和作造见面，她对史也说，父亲可能还活着，但不知道他的下落。

　　谁知道发生了意想不到的事。富山县的町公所为町村作造的扶养问题打电话来家里，刚好是史也接的电话。他得知作造是花惠的父亲，甚至没有和花惠商量，立刻答应要接来同住。花惠得知这件事后，罕见地责备了丈夫。

　　"不要理他就好了，他根本没资格当父亲。"

　　"这怎么行呢？町公所也很为难。"史也坚持说要去和作造见一面。

　　于是，他们去富山县的旧公寓见了父亲。作造已经满头白发，骨瘦如柴，看着花惠的眼神满是卑微。

"对不起。"这是他开口说的第一句话，然后又看了看史也说，"太好了，你好像过得还不错。"

花惠几乎没有开口。她有一种预感，觉得压抑在内心深处的憎恨将再度燃烧起熊熊大火。

回到东京后，史也提议要把作造接来同住，但花惠强烈反对。她说，宁死都不愿意和他住在同一个屋檐下。

"他是你唯一的父亲，为什么说这种话？"

"你什么都不知道，你不知道我因为他吃了多少苦。总之，我绝对不愿意，如果你非要接他来同住，那我和小翔就搬出去。"

经过一番争执，史也终于让了步。虽然不住在一起，但会把他接来东京，提供经济上的援助。

花惠很不情愿地同意了。他们决定了援助的金额，也对作造居住的地点有所限制。花惠绝对不愿意让他住在自己家附近，所以在北千住找了一间公寓。虽然屋龄有四十年，已经很破旧了，但花惠仍然觉得让作造住太浪费了。

如果当时不接受史也的意见，断绝和作造之间的关系，不知道现在是怎样的情形。

花惠摇了摇头。想这些事也没用，因为时间无法重来。

7

捡骨台上铺着丝绸的布，上面放了一块原木木板，木板上面是踏上新旅程的宝贝。

宝贝是山本家饲养的迷你腊肠狗，是一只十三岁的母狗。饲主说，它原本就有心脏方面的疾病，所以算是很长寿。

看到宝贝的骨灰，山本家的四个人发出感叹的声音。

"好漂亮，"读高中的女儿忍不住说道，"好像标本一样。"

天使船很注重捡骨仪式。虽然很多饲主会把装了遗骨的骨灰坛带回家，但通常带回家后，就再也不会打开骨灰坛的盖子。因此，在这里捡骨是饲主最后一次和宠物接触的机会。为了让这个仪式可以成为饲主的回忆，工作人员尽可能把遗骨排得很漂亮。把脊椎骨、四肢骨和关节等按照原来的位置排好，头盖骨也放在适当的位置，努力重现宠物生前的样子。如果火葬时焚烧过度，遗骨就会碎裂，无法排出生前的形状，而且因病而亡的动物的骨骼通常比较脆弱，在火葬时的温度控制需要高超的技术。

神田亮子在解说的同时示范捡骨，家属也都拿起筷子，捡起爱犬的遗骨。中原在一旁看着他们。

　　一只迷你腊肠狗在他们脚下心神不宁地跑来跑去。那是死去那只狗生下的公狗，今年八岁。今后，他将集山本家的宠爱于一身。那只狗咳了几下，又大声吐着气。

　　在骨灰坛上刻完名字和日期后，仪式就结束了。山本家的人都面带笑容。

　　"谢谢你们，让我们心情愉快地送它最后一程。"临走时，山本先生说道，一旁满面笑容的山本太太似乎也很满意。

　　"能够为你们效劳是我们的荣幸。"中原说。

　　每次这种时候，他都很庆幸自己从事这份工作。看到别人将悲伤升华，觉得自己的心灵也慢慢得到了净化。

　　看起来像是小学生的儿子抱着那只狗，那只狗又咳嗽起来。中原问了这件事，山本太太说："对啊，最近经常这样，不知道是不是尘螨，但我经常打扫啊。"

　　"也许是气管塌陷。"

　　听到中原这么说，山本一家人都露出纳闷的表情。

　　"随着年纪的增长，气管会变窄，小型犬尤其容易发生这种情况。它们不是经常抬着头看饲主吗？这个姿势不太好。"

　　"气管变窄的话，会有什么影响？"山本太太问。

　　"可能会引起各种疾病，最好带它去医院看一下。现在症状还不严重，只要及时治疗，应该不会有太大的问题。"

　　"那就马上带它去看，它一定要活久一点。对不对？"

　　听到山本太太这么问，山本先生点了点头，语带佩服地对中原说："你太厉害了，也很了解动物的疾病。"

"不，只是经常接触的关系。请多保重。"

"谢谢。"山本先生说完，一家人转身离去。目送他们远去后，中原对神田亮子露出苦笑："难得被人称赞。"

"这代表你对这份工作已经得心应手了，啊，对了，有寄给你的邮件。"

神田亮子站在柜台内，递给他一个大信封。中原接了过来，不知道是什么，但看到信封上印的出版社名字，立刻知道了。翻到背面一看，果然写了日山千鹤子的名字。那是在小夜子的守灵夜遇见的那位编辑，可能是刊登了小夜子那篇报道的杂志出刊了。守灵夜时，她答应要寄一本给中原，只是中原并没有当真，所以有点意外。

他回到自己的座位，撕开信封，把杂志拿了出来。这似乎是一本针对三十多岁女性读者的杂志，封面上的女演员也代表了那个时代。

其中一页贴了一张粉红色的便笺，翻开那一页，巨大的标题立刻映入眼中：《手就是停不下来 孤独地对抗偷窃瘾》。

中原想起滨冈里江告诉他的话。小夜子在当自由撰稿人后，起初经常写一些时尚方面的文章，最近开始探讨社会问题，好像也曾经提到偷窃瘾的事。

所以，守灵夜那天，和日山千鹤子在一起的那个姓井口的女人，正深受偷窃瘾之苦吗？她看起来的确病恹恹的，也难怪问到采访内容时，她似乎难以启齿。

中原浏览了那篇报道。报道中提到四个女人，介绍了她们染上偷窃瘾的经过，以及这是如何摧毁了她们的人生的。

第一个女人是前粉领族,从小成绩优异,父母对她的未来充满期待。她用功读书,考进了一流大学,也进入了外资的一流企业,但工作很繁忙,压力越来越大,开始暴饮暴食,然后拼命呕吐,出现了进食障碍。不仅如此,每次看到自己的呕吐物,就觉得等于把辛苦赚来的薪水丢在臭水沟里。有一天,她偷了一个甜面包,吃了之后,竟然没有呕吐,而且有一种身心获得解放的快感。之后,她持续偷窃,到最后因为偷窃六百元的商品被逮,被判缓期为止,她已经持续偷窃了十年。之后在专业机构接受了偷窃瘾的治疗。

第二名采访对象是一名女大学生。她在高中时因为减肥而控制饮食后,反复出现贪食症和拒食症。父亲寄给她的生活费无法应付她的饮食开支,所以她开始在超市偷窃,目前已经休学,专心接受治疗。

第三名采访对象是一个家庭主妇。为了节省开始偷窃。起初只是食品,但之后觉得付钱买东西太愚蠢,就开始偷衣服和日用品。被逮捕三次,最后终于被判处了有期徒刑。出狱后,她和丈夫离了婚,也没有和儿女同住,但仍然对自己感到不安,担心自己会再度偷窃。

第四名采访对象是一个三十多岁的女人。她的母亲很早就去世了,她在单亲家庭中长大。十几岁开始情绪不稳定,多次自杀未遂。高中毕业后,她来到东京想当美发师,但无法克服一紧张手就会发抖的症状,只能放弃当美发师的梦想。她开始在酒店上班,二十四五岁时和认识的男人结了婚,但那个男人对她施行家暴,所以在一年后就离了婚。之后再度回酒店上班,没想到唯一的亲人——父亲意外身亡。她深受打击,觉得是自己害死了父亲,自己没有资格活在这个世上。不久之后，她发现自己只配吃偷来的食物，为此进了两次监狱，但并不觉得自己会改邪归正，整天想着下次要做更大的坏事，在监狱里关更久。

中原抬起了头，按着双眼的眼睑。不知道是否年纪大了，长时间看小字很容易眼睛疲劳。

原来偷窃瘾形成的原因各不相同，很普通的女人会因为一些小事染上偷窃瘾。

中原对第四个女人耿耿于怀。因为他觉得只有这个女人是基于自虐而偷窃，她的目的似乎并不是偷窃行为本身，而是借偷窃行为惩罚自己。

他回想起那个姓井口的女人，猜想她应该就是第四个女人。因为她与第二和第三个女人的年龄不符，与第一个女人的印象不符。

中原继续看着报道的内容。小夜子在引用专家的谈话后，用以下这段话作为总结。

她们大部分并非受到经济因素的逼迫，专家调查发现，有偷窃瘾的女人超过七成罹患摄食障碍。因此，必须将偷窃瘾视为一种精神疾病。也就是说，她们需要的是接受治疗，而非刑罚。只要听听她们的声音，就知道刑罚多么无力。在接受治疗期间再犯，被送进监狱导致治疗中断，出狱之后再度偷窃，这简直是毫无意义的循环。这种毫无意义的循环并非只存在于偷窃行为的矫正上，一旦犯罪，就要被关一段时间，靠这种手段来防止犯罪的想法本身已经变成了一种幻想，通过这次采访，我强烈体会到，目前的刑罚体制已经沦为政府逃避责任的工具，必须尽快加以修正。

看完报道后，中原合上杂志，看向远方。

他觉得这篇报道写得很好，内容很具有说服力，结论部分对于当前刑罚制度的不满，应该是小夜子累积了多年的想法。她认为把偷窃犯关进监狱毫无意义，同样地，她认为把杀人凶手关进监狱就可以让他们改邪归正的场面话也毫无意义。

他正在思考这些事时，放在内侧口袋的手机振动起来。他一看来电显示，发现是滨冈里江打来的。

"你好，我是中原。"

"哦，道正啊，我是滨冈。对不起，在你忙的时候打电话给你，现在方便吗？"

"没问题，小夜子的事有什么进展吗？"

"是啊，目前正在为开庭审理做各种准备。"

"为开庭审理做准备？你们吗？"

那不是检察官的工作吗？听到中原这么问，里江回答说，情况发生了一点变化。

"关于这件事，有事想要和你商量，所以想问你方不方便见面。"

"好，我去。"

中原立刻回答，因为他也想了解案情的发展。虽然佐山之前说"等告一段落后，我会当面向你道谢"，但迟迟没有消息。

里江和他约在新宿某家饭店的咖啡厅见面。中原走进咖啡厅，发现她穿了一套深蓝色的套装，身旁有一个男人。那个男人看起来四十多岁，和中原的年纪差不多，戴了一副眼镜，看起来像银行职员。中原走过去后，两个人从沙发上站了起来。

里江为他们相互介绍。那个男人是山部律师，曾经和小夜子一起参加被杀害者遗族会。

中原在沙发上坐下后，向刚好走过来的服务生点了一杯咖啡。里江他们面前已经放着饮料。

"对不起，你这么忙，还把你约出来。"里江满脸歉意地说。

"不，我也很关心这件事。请问要和我商量什么事？"中原看着坐在自己面前的两个人。

山部缓缓地开了口。

"请问你知不知道被害人参加制度？"

"被害人参加……哦，我知道，现在被害人或遗族也可以参加审判。在我们那起案子结束后不久，正式通过了这项制度。"

这项制度通过后，被害人和遗族可以像检察官一样陈述求刑意见，也可以在法庭上质问被告。当初得知这项制度确立时中原十分懊恼，如果之前就有这个法律条款，就可以质问蛭川很多事。

山部用力点了点头，似乎觉得既然知道，说起来就方便多了。

"在这起命案中，我想要请滨冈小夜子女士的父母成为被害人参加人。"

原来如此。中原看着里江。前岳母看着他用力点了点头，似乎下定了决心。

中原的咖啡送上来了，他喝了一口黑咖啡。

"最初是检察官建议我加入被害人参加制度。"里江说，"但是，当时我拒绝了。"

"为什么？"

"因为上法庭……不是去旁听，而是要诘问证人或是被告，我想我没有能力做这么高难度的事，但之后山部律师联络我，希望我无论如何都要加入被害人参加制度……"

"因为我认为这是滨冈小夜子女士的遗志。"山部有力地说。

"遗志……什么意思？"

"就是要让被害人和遗族成为审判的主角。以前的审判都是以法官、律师和检察官为主，根本无法反映被害人和遗族的心声，只是一味地讨论杀了几个人、怎么杀的，是计划性杀人，还是临时起意这些表面化的问题，决定被告的刑期，几乎完全不考虑该犯罪行为造成了被害人或遗族多大的悲伤和痛苦。我相信你对这件事应该也有深切体会。"

"你说得对。"中原点着头。

山部拿起了咖啡杯。

"你对滨冈女士遇害事件的量刑有什么看法？你之前曾经和滨冈女士对这方面很有研究，应该可以大致猜到吧。"

"量刑吗？"中原看着杯中的液体，回想起佐山对他说的话，"据我所知，这次只是为钱财而行凶杀人，亮出菜刀威胁小夜子交出钱财，小夜子逃走了，所以从背后捅她。"

山部既没有否定，也没有肯定，只问了一句："如果是这样的话呢？"催促他说下去。

"如果是抢劫杀人，法定刑期为死刑或无期徒刑，凶手有没有前科？"

"没有。"

"而且隔天就去警局自首，我没见过凶手，所以不太清楚，他有反省的态度吗？"

"据检方提供的资料，被告一开始就频频向被害人道歉，可以感受到他道歉的诚意。"

"那根本只是说说而已，"里江在一旁插嘴，"他去自首，也只是希望减轻刑责而已，根本不是因为反省。"

"另外，还通过律师转交了道歉信，但并不是被告本人写的。"山部说。

中原有点不太了解状况。

"信吗？不是被告写的？那是谁写的？"

"被告的女婿。被告有一个女儿，是他女儿的丈夫写的。"

中原越来越搞不懂了。如果是被告的女儿写的，还合情合理，但为什么是女婿写的？

"他在信中说，这次的事，他也要负一部分的责任。"山部继续说道，"照理说，应该照顾岳父的生活，但因为没有好好照顾，导致贫穷的岳父一时鬼迷心窍，铸下了大错，所以，他们也有一定的责任，如果可以，希望可以当面道歉。"

这样的发展完全出乎中原的意料。之前曾经听佐山说，凶手有一个女儿，嫁给了一名医生，但他并没有放在心上。

中原问里江："你见过他了吗？"

"才不要见他呢。"她不悦地皱起眉头，"即使他来道歉，也根本没有任何意义。"

"这个女婿的行为会对审判有影响吗？"中原问山部。

"很可能以了解被告生活情况的证人身份出庭，请求酌情减轻刑责，今后将协助被告更生，请求法官做出充满温情的判决。"

"既然这样，"中原抱起双臂，"应该不会判死刑，况且，检方也认为被告有反省的态度，我看应该会判无期徒刑。"

山部点了点头，喝了一口咖啡，放下杯子。

"我也有同感，如果没有出现新证据，检方应该会请求处无期徒刑。辩方恐怕会请求二十五年的有期徒刑，但因为被告准备了凶器，所以计划性并不低。如你所说，法官恐怕会判处无期徒刑，也就是说，这场审判在开始之前，就已经知道结果了。"

"所以，审判没有意义吗？"

"不，完全相反，有很大的意义。审判并不是决定量刑而已，必须控诉被告的犯罪行为有多么严重，必须让被告知道，他犯下了滔天大罪。如果无法达到这个目的，遗族无法得到真正的救赎。我也这么告诉滨冈女士的父母，请他们加入被害人参加制度。"

中原完全理解山部说的话。在爱美遇害事件中，他们无法把失去爱美的痛苦告诉被告。中原点了点头，转头看向里江。

"虽然很辛苦，但请你们加油。"

"我会和老公一起加油，困难的事都已经交给山部律师处理。"

"交给我吧。"山部点了点头。

中原之前就听说，犯罪被害人参加刑事审判时，可以委托律师协助做很多工作。

"我了解了，我会持续关注这场审判。有没有什么我可以帮忙的？"

山部坐直了身体，看着中原说：

"其实我在考虑，也许要请你站上证人席。"

"我吗？但我对这起命案一无所知。"

"但你比任何人更了解滨冈小夜子女士。因为曾经有过一段痛苦的经历，所以她才会持续参加支持犯罪被害人的活动。如今，她自己也遇到了类似的事件，为了让凶手了解自己罪大恶极，为了让法官了解小夜子女士死得多冤枉，希望你能够站在法庭上告诉大家，小夜子女士是怎样一个人。"

听山部说话时，中原想着完全相反的事。自己比任何人更了解小夜子吗？果真如此吗？虽然曾经一起痛苦、悲伤，但也许自己并不了解她，所以才会离婚。

"道正，"里江叫着他的名字，"我们之所以下定决心加入被害人参加制度，除了山部律师说的这些情况以外，还有另外的理由。"

"什么理由？"

"因为，"里江露出严肃的眼神，"我们希望被告被判死刑。"

中原大吃一惊，一时说不出话来，看着里江满是皱纹的脸。

她的嘴角露出笑容。

"你是不是觉得我们白费力气？即使如此……我们还是希望被告被判处死刑。当我们得知被害人参加制度时，听到了一件很有用的事，就是除了检察官以外，我们也可以求刑。按照目前的情况，检方应该只会求处无期徒刑，但我们要求处死刑。山部律师，如果我们要求判处被告死刑，你无法拒绝受理我们的委托吧？"

山部点了点头："你说得对。"

"我们想要听这句话，"里江对着中原说，"我们想听求处被告死刑这句话，即使无法如愿，至少希望在法庭上听到'死刑'这两个字，你应该能够明白我们的心情吧？"

里江的双眼渐渐红了起来，中原深有感触。死刑——那是中原和小夜子曾经追求的目标。

"律师，"里江转头问山部，"我想让道正看那份东西，没问题吧？"

山部缓缓眨了眨眼睛后，点了点头："应该没有问题。"

里江从放在一旁的拎包中拿出一沓 A4 大小的数据单，用大型长尾夹夹在一起，厚厚的一沓，超过了几十张。

"你还记得日山小姐吗？她是小夜子女子大学时的同学。"

"日山千鹤子小姐吗？当然记得。"

今天又听到这个名字实在太巧了。中原告诉里江，今天刚好收到了她寄来的杂志。

"有这种杂志吗？那我回家的时候去书店看看，我在守灵夜那天也和日山小姐聊了几句，但她告诉我的不是杂志，而是关于书的事。"

"书？"

"单行本的事。听日山小姐说，小夜子写了一些稿子，想要出书，据说差不多快完成了。日山小姐说，如果我想帮小夜子出版，她可以提供协助，虽然我觉得这个主意很棒，却找不到小夜子写的稿子。那时候，小夜子的电脑被警方拿走了，当电脑送回来后，我在电脑里找了一下，结果就找到了这份稿子。"

中原接过那份稿子，第一页上写着标题。中原看了一眼，立刻吓了一跳。标题写着——《以废除死刑为名的暴力》。

"我猜想日山小姐说的就是这份稿子。"

"似乎是小夜子投入了很多心力完成的力作，我可以看吗？"

"当然啊。"

他翻了一页，横式打印的文字映入眼帘。在"序言"之后，有以下这段文字。

假设有个孩子，要让他赞成废除死刑并不是一件困难的事。法律禁止杀人，死刑这种制度是国家在杀人，但终究是人在运营国家，所以，死刑制度充满了矛盾——只要这样告诉小孩，小孩子十之八九会同意。

小夜子又继续写道：

"我也希望自己是可以接受这套说法的小孩子。"

中原抬起了头。

"原来她在写这些东西。"

里江眨了眨眼睛。

"小夜子家里堆满了书和资料，都是关于死刑和量刑的内容，我猜想她应该在很认真地写这些东西。"

中原再度看着标题说："以废除死刑为名的暴力……哦。"

"我相信你看了之后，就可以了解我们的心情。"

"我可以带回去看吗？"

"我今天带来的目的，就是希望你带回去慢慢看。"

"我们打算在开庭时，把这份稿子交给法庭，"山部说，"你看了之后就知道，上面也提到了你们经历的那场审判。为了顾及隐私，有些部分用了化名，但如果有什么问题，请你告诉我。"

"好，那我回去再看。"

中原把稿子收进自己的皮包后，又看着里江和律师说：

"听说凶手的女婿写了一封道歉信？"

"对，虽然和他太太一起具名，但看信的内容，应该是凶手女婿写的。"山部回答。

"哦，"中原嘟哝了一句，"加害人的家属写道歉信给遗族的情况很常见吗？"

"并不少见，只不过——"山部停顿了一下，微微偏着头，"只不过通常都是被告的父母写给遗族，因为父母认为自己要对儿女的行为负起责任，但很少有儿女写这种信。"

"而且是女婿……"

"嗯，"山部说，"至少我之前没听过有这种事。"

"听说是医生？"

山部瞪大了眼睛："你知道得真清楚。没错，是医生。"

"是刑警来找我时告诉我的，既然是医生，经济上应该很宽裕啊。"

"应该吧。呃，听警方的人说——"山部从皮包里拿出记事本，

"他在庆明大学医学院附属医院工作，在静冈县富士官市出生、长大，老家也很富裕。他的太太和被告一样，都是富山县人，结婚前在神奈川县的一家公司上班，和被告已经多年未见，两年前才重逢。信中也提到，他们父女关系并不好，他们之所以没有在经济上援助岳父，应该也有复杂的原因，这方面的情况也许会在法庭上有进一步了解。"

听到山部这么说，中原发现自己对事件的态度和之前稍有不同。以前从来不曾想到加害者的家属。蛭川有一个弟弟，但从来没有来法庭旁听，当然也没有以情状证人的身份站在证人席上。

之后，他们喝着冷掉的咖啡，聊着彼此的近况。小夜子的父亲宗一最近身体不好，所以今天没有一起来。

"自从小夜子出事后，他好像一下子变老了，也瘦了五公斤。"

"那可不行，必须有足够的体力才能撑过审判。"

"是啊，我回去之后会告诉他，说你也这么说。"

中原喝着咖啡，想起在爱美的案子审判期间，自己和小夜子也瘦了不少。

和里江他们道别后，中原在回家之前，去了经常光顾的定食餐厅吃了晚餐。小夜子遇害的那天晚上，中原去了那家餐厅，所以有了不在场证明。案发之后，他有一段时间没来，但两个星期前，再度开始来这里吃晚餐。熟识的店员看到中原后，什么也没说。也许刑警并没有来这里确认他的不在场证明。

他在四人座的桌子旁坐了下来，点了一份今日特餐。只要点今日特餐，就可以每天吃到不同的菜色。今晚的主菜是炸竹笑鱼。

他拿出小夜子的稿子放在桌旁，一边吃饭，一边看了起来，但看了没几行就停了下来，因为他从字里行间感受到小夜子的决心和斗志，显然不适合边吃饭边看。

废除死刑论者并没有看到犯罪被害人的处境——他在脑海中回味着刚才看到的这句话。

遗族并不光是为了复仇的感情，想要凶手被判处死刑。希望各位想象一下，当家人遭到杀害时，家属需要经历多少痛苦和烦恼，才能接受这个事实。即使凶手死了，被害人仍然无法复活。既然这样，遗族到底想要从死刑中追求什么，才能让遗族获得救赎？遗族之所以想要凶手被判死刑，是因为除此之外，找不到任何救赎的方法。既然要求废除死刑，那到底提供了什么替代方法？

中原没有细细品尝难得的炸竹筴鱼，吃完饭后，踏上了归途。

回到家换好衣服，立刻继续看了起来。这是他第一次看小夜子写的文章，更不要说是这么大量的文字。他不知道小夜子写得好不好，只知道小夜子的文字很熟练。她显然对自由撰稿人的工作驾轻就熟。他不由得产生了和文章内容完全无关的感想。

至于文章的内容——

即使法院做出了死刑判决，对遗族来说，并不是获得胜利。遗族没有得到任何东西，只是结束了必要的步骤、完成了理所当然的手续而已。即使死刑执行后也一样，心爱的家人被夺走的事实无法改变，内心伤痛也无法愈合。或许有人说，既然这样，不判死刑也没关系。不，有关系。如果凶手继续活着，'为什么他还活着？为什么他有活下去的权利？'这个疑问会一直侵蚀遗族的心。有人认为，可以用终身监禁代替死刑，但这些人完全没有理解遗族的感情。即使判处终身监禁，凶手还活着，在这个世界的某个地方，每天吃饭、和别人聊天，也许还有兴趣爱好。光是想象这件事，对遗族来说，就痛苦得想死。所以，在此一再重申，遗族绝对无法从死刑判决中得到任何救赎，对他们来说，凶手的死是理所当然的事。俗话常说，'杀人偿命'，但对遗族来说，凶手的死根本不是'偿还'，只是走出伤痛这条漫漫长路上的某一站而已，而且，即使经过了那一站，也无法看到未来的路，完全不知道自己该克服什么、走向哪里，才能够得到幸福。但如果连这种为数不多的歇脚站也被夺走，遗族到底该怎么办？废除死刑，就是这么一回事。

看到这里，中原觉得言之有理，自己内心也有和小夜子相同的想法。文章中所写的内容，完美地表达了他内心的想法。反过来说，在看这些文字之前，他无法清楚而具体地表达这种想法。

死刑判决只是歇脚站。

没错。中原点着头。在审判期间，一直以为死刑判决是目标，但是，当知道并不是这么一回事时，好像反而坠入了更深的黑暗中。

中原继续往下看。小夜子除了陈述自己的论点以外，还列举了几个实例，并介绍了采访相关人员的内容，当然也提到了爱美遭到杀害的事件。中原在文章中看到了一个出乎意料的名字——为蛭川辩护的律师平井肇。

她竟然去采访了敌人。

虽然知道辩方的律师并不是坏人，但对中原和小夜子来说，和凶恶罪犯站在同一阵线的人都是敌人。看到他一脸认真地说蛭川那番侮辱人的道歉是"真挚的反省"时，甚至想要杀了他。那双轻度斜视的眼睛让人猜不透他在想什么，所以觉得他有点可怕。

文章中记录了小夜子和平井律师之间的谈话，中原仔细看了那部分。原本以为小夜子会充满敌意，咄咄逼人，没想到并非如此，她反而是在平静的气氛中，冷静地回顾了那一系列的审判。

小夜子问平井，对于当初自己执拗地想要凶手被判处死刑有什么看法，平井回答说，他认为理所当然。

在我的记忆中，几乎所有的家属都希望杀害亲人的凶手被判死刑，对律师来说，这才是辩护的起点。被告站在断崖绝壁的最前端，前面没有任何路。身为律师，只能为被告摸索是否有后退的路。只要有可以后退一步的空间，就会想方设法让被告退后那一步。这就是律师为被告辩护的职责。

小夜子也问了他对死刑制度的看法。平井认为，如果可以，他希望废除死刑制度。

废除死刑论中最强烈的意见，就是可能会因为冤假错案造成枉死，但我的主张稍微不同。我质疑死刑，是因为我认为死刑无法解决任何问题。假设有一起 A 事件，凶手被判处死刑。另有一起 B 事件，凶手也被判处了死刑。虽然是两起完全不同的事件，遗族也不一样，但结论都一样，都是简单的一句死刑。我认为，不同的事件，应该有各种不同的、更符合每起事件的结局。

看到这里，中原陷入了沉思。因为他认为平井的话也有道理。

不同的事件，应该有各种不同的、更符合每起事件的结局——这句话完全正确。中原和小夜子因为看不到结局，所以才会深陷痛苦。小夜子还问了平井，如果像某些废除死刑论者所说的，引进终生刑的话，能够改变什么吗？平井回答说，他也不知道。

文章在这里暂时中断。空了五行之后，进入了下一章。中原继续往下看，但文章没有再提及和平井律师之间的对话。

他又翻回刚才空白的部分，重新看了一遍小夜子和平井的谈话，思考着小夜子为什么没有继续写下去。

也许小夜子自己也在犹豫，尚未有定论，她还没有整理好自己的想法，所以无法在这里落笔。

他合起稿子，躺在一旁的床上，仰望着天花板。我看到你就会感到痛苦——他永远无法忘记小夜子说这句话时的眼神。

小夜子很努力地寻找答案，努力思考自己该做什么，怎样才能得到救赎。她积极奔走，了解别人的想法，努力寻找真理。

中原坐了起来，看了一眼时钟。现在还不算太晚。

他从上衣口袋中拿出刚才拿到的名片，看着名片上的号码，伸手拿起手机。

8

　　从麻布十番车站步行到那栋建筑物只要几分钟，距离餐饮区有一小段距离，周围都是办公大楼。

　　走进建筑物，看着墙上的牌子，平井律师事务所位于四楼。他搭电梯来到四楼，立刻看到了律师事务所的入口。

　　一个年轻女人坐在前台，可能平井事先已有交代，中原报上姓名后，女人立刻满脸笑容，伸出左手指着里面说："请你去三号房间坐一下。"

　　里面有一条走廊，走廊旁有几个小房间，房间门口有写了号码的牌子。

　　他走进三号房间，房间差不多一坪 ① 大小，桌子两侧放着椅子，除此以外，没有任何东西。

　　他第一次走进这种地方，原来大家都是在这种地方做法律咨询。

　　得知小夜子在这里采访平井律师，中原有一种豁然开朗的感觉。因为他从来没有想过这件事。对中原来说，平井肇一直都是可恨的

---

① 一坪：约3.3平方米。

敌人，即使在法院做出死刑判决后，他这种想法仍然没有改变。得知平井打算向最高法院上诉后，中原比之前更加痛恨他。

但是，小夜子不一样，她在思考对自己来说审判到底是什么的时候，也想要了解为被告辩护的律师的想法。任何事只从单方面观察，都无法把握真相。中原为自己竟然没有发现这么简单的道理而感到羞愧。

他想要沿着小夜子的足迹走一遍，总觉得了解她在思考什么，想要做出怎样的决定后，可以看清自己未来要走的路。

他思忖着小夜子是怎么联络到平井，于是想到了山部。打电话问山部后，得知果然是通过他。小夜子找他商量了这件事，他把平井介绍给了小夜子。

中原拜托山部，是否可以为自己引见，山部欣然应允。

"我猜想你看了那些稿子，会产生这样的想法。没问题，我帮你联络。"

中原很快就接到了山部的消息，平井也很想见他。所以，中原今天来到平井的律师事务所。

一阵敲门声。中原说了声："请进。"门打开了，一身灰色西装的平井走了进来。他像以前一样留着五分头，只是多了不少白发，眼睛仍然有点斜视。

"让你久等了。"平井在椅子上坐了下来，"好久不见。"他彬彬有礼地打招呼。

"不好意思，这次为这种麻烦事找你。"中原鞠了一躬说。

"不会不会，"平井轻轻摇了摇手，"我很想知道你的情况，你的前妻也死得这么冤枉，你一定很痛苦。"

"你知道小夜子遇害的事吗？"

"警视厅的刑警也来找过我，想要调查这次的嫌犯和滨冈小夜子女士之间有什么关系。刑警给我看了嫌犯的相片，但我回答说，完全不认识这个人。"

"好像只是随机杀人。"

平井面不改色地轻轻点了点头，斜视的眼睛不知道在看哪里，虽然在审判时觉得很可怕，但今天觉得他的眼神很真诚。

"我想你应该没有太多时间，所以就直接进入正题。"中原说，"小夜子打算出书，内容是批评废除死刑论。她似乎也来采访过你，我希望了解一下，你们当初谈了些什么。"

中原向平井确认了小夜子稿子上提到的和平井之间的谈话。

"我的确这么说过，任何一起事件中都有很多故事，不同的事件当然会有不同的故事，如果只有凶手被判处死刑这样的结局，这样真的好吗？而且我认为这样的结局无法帮助任何人。但是，如果问我还有怎样的结局，我也答不上来。正因为找不到答案，所以废除死刑论也只能原地踏步。"

"遗族也无法得到救赎。"

"你说得对。"

"因为你是律师，所以才提出上诉吗？"

平井听不懂中原这句话的意思，诧异地微微偏着头。中原注视着他的脸说："我是说我们那场审判的时候。在第二审做出死刑判决后，辩护律师提出了上诉，听说是你的指示。因为你是律师，不能就这样接受判决，所以提出上诉吗？"

平井吐了一口气，看着斜上方，放在桌子上的双手握在一起，把脸凑了过来。

"后来撤销了上诉，你知道原因吗？"

"我知道。从报社记者口中听说的，蛭川说太麻烦了，所以要求撤销。"

"没错，你听了之后，有什么感想？"

"什么感想……"中原耸了耸肩膀，"心情很复杂。虽然很乐于看到死刑确定，但我们这么认真投入这场审判，他好像不当一回事，有一种被耍了的感觉……"

平井点了两次头。

"我想也是，你太太也说了同样的话，但蛭川说的太麻烦不光是对审判，也同时是对活下去这件事感到麻烦。我不知道你们有没有发现，在漫长的审判期间，蛭川的心境的确发生了变化。初期时，对生命还有执着，所以才会对遗族道歉，也会微妙地改变供词的内容，但随着一次又一次开庭，在法庭上频繁听到死刑和极刑的字眼后，他内心也渐渐感到灰心。在第二审的判决做出之前，他曾经对我说，律师，其实死刑也不错。"

中原忍不住坐直了身体，这句话完全出乎他的意料。

"我问他这句话是什么意思，是不是认为自己的行为必须判死刑。他回答说，他不懂这种事，让法官决定就好。他之所以觉得死刑也不错，是因为觉得人终有一死，既然有人决定了自己的死期，这样也不坏。你听了他这番话，有什么感想？"

　　中原觉得好像有什么沉重的东西压在心头，他努力思考着，试图表达自己目前的心情。

　　"该怎么说……很……空虚，或者说很郁闷。"

　　"我想也是，"平井吐了一口气，"蛭川并没有把死刑视为刑罚，而是认为那是自己的命运。通过审判，他只看到自己命运的发展，所以根本不在意别人。死刑确定后，我仍然继续去和他会面，并和他通信，因为我希望他面对自己犯下的罪，但对他来说，事件已经过去，他只关心自己的命运。你知道已经执行死刑了吗？"

　　"知道，报社打电话给我了。"

　　那是在做出死刑判决的两年后，报社打电话来，希望中原发表意见，他拒绝了。法院等政府机构并没有通知他执行死刑的事，如果不是报社记者打电话来，他可能至今仍然不知道。

　　"得知死刑执行后，有没有什么改变？"

　　"没有，"中原立刻回答，"完全没有……没有任何改变，只觉得'这样哦'而已。"

　　"我想也是。蛭川到死也没有真正反省，死刑的判决让他无法再有任何改变。"平井用略微斜视的眼睛注视着中原，"死刑很无力。"

　　中原在那家定食餐厅吃完晚餐，回到家后，打开了小夜子的稿子。

　　死刑很无力——这句话一直在他的脑海中回响。

　　小夜子的文章中有关采访平井的部分以悬而未决的方式中断，中原隐约察觉到其中的理由。她可能不愿意接受平井的意见，无论如何都不愿意承认"死刑很无力"这个观点。

　　然而，她应该和中原一样，得知蛭川生前的情况，强烈感受到冗长的审判过程毫无意义。蛭川并没有把死刑视为刑罚，只认为是自己的命运而灰心地接受，既没有反省，也没有对遗族表达任何忏悔之意，只是等待执行的日子到来。

　　中原很后悔自己听了这些事。原本以为自己根本不在乎蛭川有没有后悔或反省，没想到内心深处还是希望他有偿还自己罪行的意识，得知他毫无悔意，内心深受伤害。他再度体会到，遗族会因为各种不同的方式，一次又一次受到伤害。

　　小夜子对和平井之间的谈话没有做出任何结论，直接进入了下一章。下一章是关于再犯的内容。有道理。中原忍不住拍着大腿。蛭川是在假释期间杀害了爱美，也就是再犯。

　　小夜子首先指出，受刑人在出狱五年以内，再度回到监狱的比例将近五成。如果将范围缩小到杀人，有四成凶手都有前科。

　　如果只是关进监狱，无法矫正犯罪者的心——这是本章的论点。

　　小夜子采访了近年发生的几起杀人案，这几起杀人案的共同点，就是凶手之前曾经因为杀人罪而服刑，只是并非像蛭川那样是在假释期间，而是服刑完毕出狱后犯案。也就是说，他们被判处了有期徒刑。在二〇〇四年之前，有期徒刑的上限是二十年，如果只有杀人，通常是十五年。即使在服刑期满出狱之后，年纪还很轻，还有体力再度杀人。

　　再犯的动机几乎都是为了钱财，而且大部分都和初犯的内容相同。小夜子对此敲响了警钟，认为这个事实证明了监狱的更生制度完全没有发挥作用，受刑人再犯的可能性相当高。因为出狱之后，他们几乎毫无例外地面临经济穷困的问题。统计数据显示，受刑人服刑期满后，有七成以上找不到工作。

目前，有期徒刑已经从二十年增加到三十年，但小夜子认为并没有意义。日本人的平均寿命大为增加，只要想到二十多岁杀人的凶手在五十多岁就可以出狱，就无法安心过日子。

况且，长期服刑，就可以让受刑人洗心革面吗？看到小夜子在讨论这个问题时列举的几个案例，中原倒吸了一口气。因为他看到了蛭川和男的名字。小夜子在文章中写道：

正如在前面已经多次提到，杀害我们女儿的蛭川和男当时正在假释期间，他在案发半年前在千叶监狱关了二十六年。他到底犯了什么罪，被判处无期徒刑？因为是四十多年前的事，很多相关者都已经离开了人世，但在和几位遗族见面后，终于了解了整起事件的全貌。

中原看到这里，又倒吸了一口气。小夜子调查了蛭川犯下的第一起杀人案。当初在开庭审理时，他们只听说了大致的情况。

中原很想知道详情，立刻聚精会神地看了起来。根据小夜子的调查，那起命案的情况如下。

当时，蛭川在江户川区的汽车保养厂工作。他那时候喜欢赌博，只要一下班，就去打小钢珠赌博。如果只和同事打也就罢了，但他不久之后，就去柏青哥店和陌生人一起打，其中也有黑道兄弟。当他清醒时，已经欠下了巨额的债务。

　　刚好在那时，有一辆高级进口车被送到保养厂。当时很少有进口车，车主是一位穿着打扮很有品位的老人。小夜子在文章中用A先生称呼他，A先生是当地的大地主，经营停车场和大楼，是保养厂的大客户，厂长对他也很礼貌恭敬。

　　那天，厂长指示蛭川把保养好的车子送回A先生家，于是，蛭川开着车子去了A先生家。

　　按了门铃后，A先生来开门，叫他把车子停在隔壁车库。A先生家有一个很大的车库，还装了屋顶。蛭川按照A先生的指示把车停好。

　　A先生请他进屋，蛭川在客厅向A先生说明了保养的项目和金额。A先生叫他等一下，走出了客厅。

　　在等A先生回来时，蛭川打量室内，从客厅的摆设和挂的画中，察觉A先生家境优渥，猜想应该有不少存款。

　　不一会儿，A先生回来了，蛭川接过钱之后，把收据交给A先生。A先生心情很好，似乎看到车子保养之后还洗得一干二净，感到很满意。

　　蛭川说，是他洗的车子。A先生问他，是不是老板叫他洗的。蛭川回答说不是，因为觉得既然要把车子送回客人家里，就应该把车子洗干净。

　　A先生听了，心情更好了，称赞他说，时下很少有这种年轻人，甚至还说，有他这种年轻人，日本的未来充满希望。

　　蛭川听了A先生的称赞，忍不住有了非分之想。既然A先生这么喜欢自己，只要开口拜托，应该愿意借钱给自己。于是就老实告诉A先生，自己正在为钱发愁，可不可以帮自己一下。而且，他向

A先生坦陈了借钱的理由。

A先生听了之后勃然大怒，指责蛭川说，如果是穷学生的话还情有可原，他绝对不会借一毛钱给沉迷赌博的人，这种人简直是人渣，再也不想开这种人保养的车子，扬言要把那辆车子卖掉。小夜子在文章中谨慎地提醒，当时的情况都只能靠蛭川的供词还原，无法排除他夸大其词的可能性。

总之，蛭川听了A先生的话恼羞成怒，拿起桌上的巨大水晶烟灰缸打向A先生——验尸报告指出，尸体遭到正面殴打。当A先生倒地后，蛭川骑在他身上掐死了他。

就在这时，A先生的太太B夫人端茶进来。蛭川以为家里只有A先生，但其实B夫人在里面的房间。她看到蛭川正在攻击A先生，放了两杯茶的托盘从她手上滑了下来。蛭川撇下A先生，扑向B夫人，把逃向走廊的B夫人扑倒在地，用手掐死了她。

蛭川擦掉烟灰缸上的指纹，开始在屋内寻找，但并没有找到任何特别值钱的东西。他担心逗留太久会被人发现，于是从客厅内的女式皮包里拿出皮夹，抽走几万元后逃走了。

虽然蛭川的犯罪手法很拙劣，但他似乎并不认为自己会被抓到。翌日仍然正常上班。

案发后两天，A先生的朋友夫妇去A先生家，发现他们已经面目全非，立刻报警，事情也就曝了光。

蛭川很快就遭到逮捕。刑警去了工厂，蛭川声称的确和A先生见了面，但收了钱之后立刻离开了。他以为烟灰缸上的指纹已经擦掉，所以就高枕无忧了，却没有想到自己不小心在皮夹上留下了指纹。也许他以为皮革制品不会留下指纹。当刑警告诉他指纹一致时，他马上承认自己杀了人。

审判时，争论的焦点放在是否有杀意这件事上。B夫人的情况很明确，蛭川为了杀她才追上去掐死她，但辩方认为A先生的情况应为伤害致死，而且法院采纳了律师的意见。因为A先生的直接死因是颅内出血，也就是说，在蛭川恼羞成怒地举起烟灰缸第一次打向A先生时，A先生就已经死了，法院认定蛭川当时并没有杀意。

他只杀了B夫人，并没有想杀A先生——四十年前，两者的差别很大。而且，蛭川并非有预谋杀人，也让检方下不了决心求处死刑。

于是，蛭川和男最后被判处无期徒刑。

根据小夜子的手记，A夫妇的外甥女告诉了她这些情况。A夫妇虽然有一个儿子，但在十年前罹患癌症去世，媳妇从来没有从她丈夫口中听说过这件事。

那位外甥女是A先生妹妹的女儿，当时她二十多岁，对那起命案记得很清楚，对于审判却完全没有记忆。她从父母口中得知了判决经过。但她的父母似乎也不是很清楚，是事后听人转述的。

小夜子在文章中写道：

> 遗族中没有人知道杀害A夫妇的凶手被判了怎样的刑责，不要说亲戚，就连A夫妇的独生子也一无所知。

A夫妇的儿子和亲戚希望判处凶手死刑，也深信审判的结果会如此，但不知道为什么，凶手并没有被判处死刑，在判决做出后很久，他们才知道其中一起杀人罪变成了伤害致死罪。

报社记者曾经采访 A 夫妇的儿子，请他发表感想。"强烈希望凶手在监狱好好反省，绝对不可再犯相同的错误。"

当时，他并没有接到蛭川的道歉信，之后也没有收到。

小夜子似乎去千叶监狱调查了蛭川服刑的情况，但一个默默无闻、又没有人脉关系的自由撰稿人，能够采访到的内容有限。"我努力寻找当时的监狱官，很可惜并没有找到。"

于是，她着手调查了无期徒刑的受刑人如何才能获得假释。根据刑法第二十八条，"……有悛改之状……无期徒刑服刑满十年时……始得假释"，"悛改之状"是深刻反省、悔悟改过，没有再犯疑虑的意思，小夜子想要了解如何判断受刑人有"悛改之状"。

小夜子采访了一名僧侣。他曾经在千叶监狱担任教诲师，监狱每个月会举行一次教诲，让受刑人为在该月去世的被害人的在天之灵祈福。铺着榻榻米的教诲室只能容纳三十人，每次都人满为患。

僧侣说，参加教诲的大部分受刑人看起来都很真挚，但无法断言是否为了争取假释伪装出悔改的态度。

小夜子采访了千叶监狱的前职员，那个人对蛭川没有印象，但告诉小夜子："既然能够获得假释，就代表在监狱内表现出反省的态度，在决定是否能够获得假释的地方更生保护委员会面试时，委员也认为他已经悔改。"

小夜子也想要采访地方更生保护委员会的人，想要确认以怎样的基准决定假释，可惜无法如愿。因为她一说出采访目的，对方就拒绝采访。她改用写信的方式，也都石沉大海。

小夜子在手记中难掩愤怒地写道：

在我们的女儿遇害事件的审判中，蛭川表达了道歉和反省之意，但他的演技拙劣，不光是我们，在场的所有人都知道那些话言不由衷。蛭川入狱期间应该没有犯什么大错，也参加了教诲，但只要稍微仔细观察，就知道他是伪装的。然而，这种人竟然让他出狱，只能说，地方更生保护委员会的委员有眼无珠。说到底，所谓假释只是为了解决监狱爆满问题的不负责任的行为。

如果蛭川在第一起杀人案件中被判处死刑，我们的女儿就不会遇害。虽然是蛭川动手杀了我女儿，但是政府让他活命，让他再度回到社会，所以可以说，是政府杀了我女儿。无论杀人凶手是事先有预谋的计划杀人，还是在冲动之下杀人，都可能再度行凶，但在这个国家，对不少杀人凶手只判处有期徒刑。到底有谁可以断言，"这个杀人凶手只要在监狱关多少多少年，就可以改邪归正"，把杀人凶手绑在这种虚无的十字架上，到底有什么意义？

从再犯率居高不下，就可以了解无法期待服刑的效果，既然没有完美的方法可以判断受刑人是否改邪归正，重新做人，就应该以受刑人不会改邪归正为前提重新考虑刑罚。

小夜子在最后总结道：

只要杀人就判处死刑——这么做的最大好处，就是这个凶手再也无法杀害其他人。

9

星期六下午两点，新横滨车站。

车站大厅内人来人往，有很多年轻人的身影，可能横滨竞技场在举办什么活动。

由美再度确认时间后，看向新干线的验票口。列车似乎已经到达，乘客接二连三地从验票口走出来。

身穿灰色套装的妙子也在其中。如果只是和由美见面，她应该会穿得更轻松。由美从母亲的服装中，感受到她的决心和认真。

妙子似乎也看到了由美，笔直地向她走来，脸上的表情很僵硬。

"不好意思，你难得休假，"妙子在由美面前停下脚步说，"还让你特地来这里一趟。"

由美耸了耸肩。

"没关系，这件事总要解决，我在电话中也说了，去哥哥家之前，可不可以让我先看一下？"

"可以啊，先找个地方坐一下吧。"

和车站相连的大楼中有一家自助式咖啡店，咖啡店深处刚好有空位，她们买了饮料后，面对面地在桌旁坐了下来。

妙子把大皮包放在腿上，从皮包里拿出 L 夹，里面放着 A4 尺寸的资料。"给你。"她把 L 夹递到由美面前。

由美吐了一口气，伸手接了过来。她知道自己很紧张。

她拿出数据，低头看了起来。第一页上印了侦探社的名字。

"你去哪里找到这家侦探社的？网上吗？"由美问。

"你爸爸的公司有时候会雇用他们，去其他公司挖角时，就会请侦探社调查一下那个人的品行。即使工作能力再强，如果沉迷女色或是喜欢赌博也不行。"

"原来还要做这种调查。"

"因为你爸爸做事很小心谨慎，我认为史也继承了他的谨慎。"妙子撇着嘴角，拿起咖啡杯。

由美打开资料，上面密密麻麻地写满了字，还附有相片，那栋建筑物看起来像是哪里的工厂。

"原来花惠以前在工厂的生产线当女工，我还以为她是粉领族。"

"她那种人没办法胜任啦，她认得的字也有限。"妙子一脸不屑地说。

调查报告共有三页，内容很详细，但只有一个重点。由美之前已经从妙子口中得知了大致的内容，所以并没有任何新的事实让她感到惊讶。看完之后，她把数据收回 L 夹，还给妙子。"原来是这样。"

"你觉得怎么样？"

由美喝了一口拿铁，皱着眉头说："恐怕很难。"

"什么意思？"

"很难相信小翔是哥哥的亲生儿子，应该彻底不可能吧。"

"对吧？"妙子把L夹放进皮包，"希望史也看了之后可以清醒。"

"嗯，"由美偏着头说，"这就难说了。"

"什么意思？为什么啊？"

"我总觉得哥哥隐约知道，小翔不是自己的亲生儿子，通常都会发现吧。"

"既然知道，为什么还不离婚？"妙子嘟着嘴。

"这代表他很爱花惠吧。"

妙子挑着眉尾说："为什么？那个女人到底有什么好？"

"我怎么知道？你不要问我啊。"

妙子垂头丧气地叹了一口气："昨天，白石先生打电话来家里。"

"白石叔叔吗？好久没见到他了。"

白石是由美的父亲在工作上的得力助手，也很疼爱史也和由美。

"他听说史也被卷入了刑事案件，问是不是有需要他帮忙的地方。流言果然传得很快。"

"被卷入刑事案件吗？嗯，也算是啦。"

"虽然他说得很委婉，但我觉得他应该已经知道情况了，因为他在电话中说，仁科太太，你一定要让史也知道，长子有义务保护家里的名声，言下之意，就是要史也离婚。"

"你怎么回答他？"

"我说我知道，会这么告诉史也。这样说不行吗？"

"没有人说不行啊，你不要把气出在我头上。"

妙子喝完咖啡，把杯子放在桌上，瞪着由美说："无论如何都要说服他。"

"好啊，那就试一试，虽然我没什么自信。"

"你不要说这种不争气的话。"

走出咖啡店，搭上 JR 横滨线，在菊名车站换了车。离史也家最近的车站是东急东横线的都立大学站。

"审判的事有什么消息吗？"妙子抓着吊环问道。

"我怎么可能知道？有什么问题吗？"

"没有，"妙子摇了摇头，"只是想知道会做出怎样的判决。"

由美偏着头，因为她毫无头绪。"你很在意吗？"

"当然啊，"妙子左顾右盼后，把脸凑到由美的耳旁，"如果史也不离婚，那个男人服刑期满后，还是要照顾他的生活。光是想象一下，就觉得浑身发毛。"

听到母亲这么说，由美用力倒吸了一口气。她之前完全没有想到这件事。

"不是杀人凶手吗？会这么快出狱吗？"

"这种事谁知道啊，史也一定会帮他请优秀的律师，当律师用各种方法减轻他的罪责，结果会怎么样？一定会大幅缩短服刑的时间啊。"

由美觉得母亲说得有道理。虽然她对审判一窍不通，但觉得这种可能性很大。

"我跟你说，"妙子比刚才更压低了嗓门，"我很希望他被判死刑。即使史也和那个女人离了婚，那种男人也一定会纠缠不清，死了才痛快。"

由美不知道怎么回答，所以没有吭声，但内心很同意母亲的意见。

如果花惠没有这种父亲，不知道该有多好。

她们在都立大学站下了车，经过商店林立的街道。这是由美第二次去史也家，第一次也是和妙子一起上门。"既然儿子买了独栋的房子，至少要去看一下。"虽然妙子嘴上这么说，但心里还是为儿子感到骄傲。由美也觉得哥哥很了不起，那时候还没有发现花惠的父亲还活着。

穿过商店街，转了几个弯之后，街道的感觉和之前完全不一样了。绿意盎然的住宅区内，有许多漂亮的民宅。

终于来到史也家那栋白色小巧的房子前。由美按了门铃，对讲机中很快传来花惠怯懦的声音："请问是哪一位？"

"我是由美。"

"哦，请进，请进来吧。"

今天事先约好了要上门。由美和妙子互看了一眼，轻轻点头后，推开院子的门走了进去。

"妈妈、由美，好久不见了。"

真的好久没见了。花惠一脸疲惫，皮肤没有光泽，应该很不容易上妆。原本长相就很不起眼的她给人感觉更暗淡了。

"身体还好吗？你爸爸的事应该很伤神吧？"妙子虽然嘴上这么问，但眼神中完全没有一丝关怀。

花惠频频鞠躬说："谢谢，真的很抱歉，让妈妈担心了。"

妙子和由美走进屋内，发现小翔站在那里。他穿着白色 T 恤、红短裤，手上拿着机器人玩具。

"小翔，午安，你长大了。"妙子对他说。

但是小翔没有吭气，脸上没有表情，看了看妙子，又看了看由美。

"小翔，跟奶奶说午安啊。"花惠提醒他。

小翔小声地说了声"午安"，跑去走廊尽头，打开门后，身体挤了进去，用力把门关上了。

"他好像不喜欢我，"妙子语带挖苦地说，"也不能怪他，因为平时很少见面。"

"对不起。"花惠缩成一团回答。

由美心想，小孩子都很敏感、诚实，当然不可能喜欢对自己的身世抱有疑虑的人。

而且，由美再度发现，小翔真的不像史也。或许是因为刚看了调查报告的关系，所以感觉特别强烈。

小翔消失在那个房间后，花惠把由美母女带进了隔壁房间。那里是客厅，和隔壁的饭厅只隔了一道拉门。小翔目前正在饭厅。

茶几周围放着藤椅，史也坐在其中一张藤椅上，正在操作腿上的平板电脑。看到妙子和由美进来后抬起了头，但脸上没有笑容，反而用力瞪着她们。

"不好意思，你在忙，还上门打扰。"妙子在他对面坐了下来。

史也撇着嘴角，把平板电脑放在一旁的柜子上："你才不会觉得不好意思。"

"我也不希望破坏我们的母子关系。"

"既然这样，就什么都别说，赶快回家吧。"

"那怎么行？"

妙子的态度很坚决，抬头看看花惠，又把视线移回儿子身上。

"如果可以，我希望和你单独谈。"

史也注视着母亲的脸："你是说，不可以让花惠听到吗？"

"因为我认为这样比较好。我说花惠啊，你不用倒茶了，我把话说完就走。小翔一个人在隔壁房间吧？这不太好吧，万一碰到刀子的话太危险了，要有人陪着他才行啊。"

花惠一脸困惑的表情站在那里。史也仍然瞪着母亲，但随即看着妻子说："你去隔壁房间。"

花惠想要说什么，但又把话吞了下去，点了点头，说了声："恕我失礼了。"然后走出了房间。

史也用力深呼吸，露出锐利的眼神看着母亲。

"既然到最后还是要亲自出马，一开始就应该这么做，不要把苦差事推给由美。"

"我是出于好心。我以为你多少愿意听由美的意见。"

"好心？"史也不悦地偏着头，看着由美说，"别站在那里，坐下吧。"

"嗯。"由美应了一声，在妙子旁坐了下来。

"我们的希望之前已经请由美告诉你了，"妙子说，"请你和花惠离婚，对你来说，这是最好的决定。"

"不是对我，而是对你吧？"

妙子停顿了一下，从容不迫地说："是啊，对我也是最好的选择，对由美也是，很多人都希望看到这样的结果。"

"对于这个问题的回答，我之前已经告诉由美了，她没告诉你吗？"史也冷冷地说。

妙子坐直了身体，努力克制内心的情绪。

"史也，你的态度也许是对的。岳父犯了罪，因为是心爱女人的父亲，所以要负起责任——在道德上，这是正确的行为。你一定觉得，如果和那个女人离婚，未免太自私了。"

史也一语不发地抱着双臂，把头转到一旁，他的表情似乎在说："你到底想说什么？"

妙子把刚才的 L 夹从皮包里拿了出来，放在史也面前。

"我很佩服你的正义感，但这种正义感必须建立在正确的人际关系基础上，如果只有你一个人相信所谓家人或是夫妻的感情，那就真的闹笑话了。"

史也看着 L 夹问："那是什么？"

"你看了就知道了。"

史也一脸不悦，从 L 夹中抽出资料看了起来，但立刻露出凶狠的眼神看着妙子："你干什么啊？谁叫你做这种事？"

"母亲调查媳妇的经历，需要经过谁的同意吗？你在抱怨之前，先看清楚再说，看了之后，你就会知道自己有多愚蠢，还是说，你不敢看吗？"

妙子语带挑衅地说，史也露出怒不可遏的眼神瞪了她一下，再度低头看报告。由美屏住呼吸看着他。

报告上写的是花惠结婚前的人际关系。她之前在相模原的电器零件厂工作，侦探找了花惠当时的同事和女子宿舍的朋友，详细调查了她那时候的人际关系。

调查发现，那时花惠有一个男朋友。一起住在女子宿舍，和花惠关系很好的女工告诉侦探，花惠是因为她的牵线，才会认识那个男朋友。因为她当时安排了一场联谊，对于那个男人，女工记得"是在 IT 相关企业上班的上班族，姓田端"。侦探给她看了史也的相片确认，女工说，不是这个人。

花惠在工厂的上司也记得她交往的对象是在 IT 企业上班的上班族。那个上司当时是组长，花惠亲口告诉他这件事。重要的是时机，她是在向上司报告说她因为结婚所以要离职时说了这件事，而且当时还说已经怀孕了。侦探在报告中说："前上司说：'在得知她要结婚的同时，知道她怀孕的消息，的确很惊讶，但看到她满脸喜悦，当然为她感到高兴。'"从时间来判断，当时她肚子里的孩子就是小翔，而且当时花惠打算和那个姓田端的人结婚。既然这样，最后为什么会嫁给史也？侦探也没有查清楚这个原因，所以只写了"不明"。

史也看完了报告，抬起头，脸上没有表情。由美觉得他既没有惊讶，也没有感到茫然。

"怎么样？"妙子问，"你终于清醒了吗？"

史也摇了摇头："没什么好清醒的。"

"为什么？小翔不是你的亲生儿子啊。"

"小翔是我的儿子，"史也用平静的语气说，"是我和花惠的儿子。"

"你在说什么啊？你没有看报告吗？是那个姓田端的男人——"

妙子没有继续说下去，因为史也把调查报告撕成了两半。"你走吧。"

"史也，你……到底在想什么？"

他把撕破的报告用力丢在茶几上："我叫你走啊。"

妙子用力吐了一口气后站了起来，但是，她没有走向门口，而是走向隔开饭厅的那道拉门。

"你想干什么？"史也大声问道。

妙子不理会他的声音，用力打开拉门。只听到轻声的惊叫，坐在桌旁的花惠一脸胆怯地抬头看着妙子。小翔跑到她身旁抱住了她。

"因为和史也谈不出结果，所以我直接问你。花惠，你刚才是不是听到了我们的谈话？请你告诉我，小翔的——"

史也抓住了妙子的肩膀："住嘴！你想说什么？小翔在这里。"

听到这句话，妙子可能也觉得不妥，停顿了一下。

"那我换一种方式，花惠，你回答我，为什么你辞职时对上司说你要嫁给上班族？为什么不说是医生？"

"你不必回答。"史也把妙子推开，关上了拉门，"赶快走吧。由美，你带妈回家。"

事情非同小可。由美不由得想。史也隐瞒了更重大的事，所以不能轻易碰触。

"妈妈，"她叫着妙子，"我们回家吧。"

妙子咬着嘴唇，瞪着儿子，大步走回客厅，抓起自己的皮包，然后大步走向门口，用力打开门走了出去。

由美看着史也，兄妹两人四目相接。

"对不起，"史也用平静的语气说，"妈就拜托你了。"

听到哥哥这么说，由美也不知道该怎么办，但还是默默点了点头，跟在妙子身后追了出去。哥哥一定也很痛苦，至少她清楚地知道这一点。

当她来到走廊时，妙子已经打开了玄关的门。由美急忙穿上鞋子。

走出屋外，走下阶梯，走出大门时，妙子停下脚步，回头看着史也家。

"到底是怎么一回事啊？他是不是脑筋出了问题？"

"我猜想应该有什么原因。"

"有什么原因？"

"那我就不知道了……"

妙子露出失望的表情，缓缓地摇了摇头。

"孙子是别人的孩子，儿媳妇的父亲是杀人凶手，怎么会有这种事？以后我要怎么活下去？"

她在皮包里摸索了半天，终于拿出手帕，但泪水已经滴落在地上。

第三章　　　富士宫，青木原

—————— 文章在这里暂时中断。空了五行之后，进入了下一章。

10

"妈妈，你怎么了？"

听到小翔的声音，花惠终于回过神，发现自己紧紧抱着小翔。

"啊，对不起。"她松开儿子的身体，对他挤出笑容。

小翔露出纳闷的表情，问："奶奶为什么生气？"

"因为……"

她思考着该怎么回答，旁边的拉门打开了。

"奶奶没有生气。"史也回答说。

"骗人，奶奶刚才生气了。"

"没有生气，即使奶奶生气，也和小翔没关系，和爸爸妈妈也没有关系。"

"没有关系吗？"小翔转头看着花惠。

"嗯。"花惠只能点头，年幼的儿子似乎无法释怀。

"你不去看卡通吗？"史也问。

"可以看吗？"小翔问花惠。因为只有客厅有电视，刚才对他说，有客人要来，所以叫他不要看卡通DVD。

"可以啊。"花惠回答。

"太棒了。"小翔跑向客厅，她目送着儿子的背影离去后，看着丈夫。

"对不起。"史也说。

花惠摇了摇头："妈妈说得很有道理。"

他皱起眉头："没想到她会雇用侦探。"

"恐怕只是时间早晚的问题，即使没有这次的事，她早晚都会知道。"

"她为什么爱管别人家的闲事。"

"话不能这么说，因为这不能算是别人家的事。孙子不是儿子亲生的，媳妇的父亲又杀了人——任何母亲遇到这种情况，都会希望儿子离婚。"

史也脸上露出痛苦的表情，抓了抓头。

"听我说，"花惠开了口，"真的不用离婚吗？"

他停下手，皱起眉头："你在说什么啊？"

"我觉得最好的解决方法，就是我带着小翔离开……"

史也用力摇了摇手："别说傻话了。"

"但是——"

"这个问题不值得讨论，而且我们之前不是说好，不再谈这个问题吗？"史也说完，转身离开，打开门，走了出去。他的脚步声在走廊上响起，随即上了楼。

花惠探头看向客厅，小翔正坐在电视前。

茶几上放着撕破的报告，她走过去捡了起来。因为只是撕成两半，所以并不影响阅读。看到田端这个名字，她无法保持平静。她再度发现，虽然内心的伤已经是陈年旧伤，却完全没有愈合。

　　花惠在椅子上坐下，从头读起。报告的内容几乎都是正确的事实，但她觉得好像在看别人的经历，也许是因为不愿意回想起自己的过去。

　　当初听说工厂在神奈川县时，曾经以为是像横滨那种高级的地方，但去了那里之后，发现是大小工厂林立的工业区。从女子宿舍走路到工厂要二十分钟，长长的走廊旁有一排细长形的房间，厕所和厨房操作台都是共享的，但她还是为能够独立生活而感到高兴。

　　果然如她所料，工作本身很无趣。她被分配到小型马达的线圈工厂，一开始负责检查线圈是否有不良品。这个工作需要高度专注力，所以眼睛也很容易累。经过询问，知道只有年轻女工才适合这个工作，组长告诉她："年纪大了，眼睛不好，专注力也变差时，就会被一脚踢开。"

　　但是，和同事还有住在宿舍的朋友在一起时很开心。她向来对自己的容貌没有自信，也从来没有交过男朋友，不过在参加和男子宿舍共同举办的派对时，有男生想要和她交往。她把自己的处子之身献给了第二个男朋友。在总公司上班的他是精英技术人员，当时她很期待可以嫁给那个男朋友，可惜他们的关系并没有持续太久，男方就向她提出了分手。很久之后她才知道，原来那个男人另有女友。

　　二十四岁时，她搬出了女子宿舍。虽然宿舍的年龄限制是三十岁，但二十四岁搬离那里成为不成文的规定。可能是暗示女工都要在二十四岁前结婚吧。

　　她在公司附近租了房子，把户籍地址从宿舍迁到租屋处，同时申请办理了分户手续。她觉得终于和父亲断绝了关系，她离家之后，从来没有和作造见过面，作造也从来没有联络她。其实只要向高中打听，就可以查到花惠的工厂，可见作造也不想和她联络。

她的日子很平静，没有任何刺激，每天都做同样的事。她早就放弃了被调去做事务工作的奢望，绕线圈的工作越来越得心应手。有时候试验品工厂也会请她制作特殊要求的线圈。无论多细的电线，她都可以绕得很平整，完全没有重叠，只不过这种技术在其他职场完全派不上用场。

她曾经感到不安，不知道这种生活会持续到什么时候。其他同事纷纷结婚离职，公司也开始裁员。虽然这里的薪水很低，但她既没有任何证照，也没有专长，根本不可能换工作。

她在二十八岁生日那一天，遇见了田端佑二。她不想独自过生日，刚好以前同住在女子宿舍的朋友打电话给她，邀她去喝酒。她想不到拒绝的理由，决定赴约。来到约定的那家店，才发现原来是联谊。因为除了朋友以外，还有两个男人。其中一个是朋友的男朋友，另一个人是她男朋友带来的朋友，那个人就是田端。

田端当时三十五六岁，单身，自我介绍说在 IT 企业工作。花惠立刻觉得他和自己生活在不同的世界，她对电脑一无所知，虽然工厂也有电脑，但她只会一些基本的功能，每次只要有不懂的地方，就会立刻找更年轻的人帮忙。

他端正的长相正是花惠喜欢的类型，高大的身材和细长的手指都成为吸引她的魅力。他能言善道，即使是平淡的内容，也可以说得引人入胜。花惠对他一见钟情。

"好，为了庆祝花惠的生日，我请大家喝香槟。"当他说这句话时，花惠的视线已经无法离开他的脸。

双方交换电话后，花惠很快接到了他的电话。他在电话中说，还想要和她见面。花惠当然二话不说地答应了。她乐翻了天，在第二次约会后，就一起去了宾馆。他在床上很温柔体贴，花惠觉得这次应该可以很顺利。

几次约会后，她刚好遇到当初安排他们认识的朋友，说了和田端之间的事，那个朋友有点惊讶。

"原来你们在交往，真是意想不到的发展。"

她说，她不太了解田端这个人。

"他不是你男朋友的朋友吗？"

那个朋友偏着头说：

"我男朋友也和他不熟，他们好像是在喝酒的时候认识的。"

"原来是这样。"

那也没关系。花惠心想。即使日后举办婚礼，也不一定要请这个朋友。

她和田端每个月见面一两次，大部分都在横滨。他也曾经去花惠家，然后在她家住一晚，但花惠从来没有去过他家。因为他说，他和母亲同住。

"曾经有人怀疑我有恋母情结，"田端皱着眉头说，"但我爸死了，我总不能丢下我妈不管。虽然很麻烦，但也没办法。"

花惠听了，不由得感到佩服。原来他这么孝顺母亲。

问题在于他什么时候带花惠去见他的母亲，只不过花惠无法催促他这件事，因为他从来没有提过结婚这两个字。

认识田端半年后，他终于提到和结婚有关的话题。他问花惠，手头上有多少可以自由支配的资金。

"因为我们公司打算拓展新的业务，目前正在募集出资者。新的业务绝对会成功，所以我也决定出资。那个部门以后会成为一家独立的公司，如果顺利的话，我也许可以当上董事。目前正是关键，我要尽可能地多找一些出资者，向公司展现实力，所以我在想，不知道能不能请你帮忙。"

花惠完全没想到田端会和她提这种事，她也从来没有想过投资的问题，更不知道是怎么一回事。

"你不必担心，只要把钱交给我，其他麻烦的事都由我负责处理。"田端用热诚的口吻对她说完，又补充了一句，"每个员工出资的金额有限度，如果结婚的话，也可以用太太的名义出资，所以更有利。"

听到这句话，花惠动心了。这是第一次从他口中说出"结婚"这两个字。

花惠问他需要多少，他偏着头，竖起两根手指。

"二十万？"

田端听到她的回答，把身体向后仰。"怎么可能？是两百万。"

"吓死我了，我从来没买过这么贵的东西。"

"那不是买东西，只是把现金换成证券，可以随时把钱拿回来。"田端一派轻松地回答，"如果有困难，只要一百万也可以，另外一百万，我去拜托别人。"

"别人？"

"我会想办法，反正拜托别人也是工作的一部分。"

花惠仍然对田端的工作内容一无所知，但想象他四处拜托别人的样子，就不由得感到心疼。如果自己有能力，她想要帮他。花惠工作十年，虽然薪水很低，但她生活节俭，所以手头有一些存款。

虽然她不是很想投资，但最后还是答应出资。田端乐不可支，说他终于可以对公司有交代了。看到他兴奋的表情，花惠也感到高兴。

"但这件事你不要告诉别人，因为这是极机密的消息。"田端叮咛她。

但是，事情并没有到此为止，不久之后，田端又说需要钱。

"之前的资金还是不够，只要再出一百万就好，有没有办法？"

花惠感到很困惑，虽然他说"只要一百万"，但对她来说，却是一笔巨款。

"那些钱什么时候可以还我？"她直接问他。

"要等那项业务开始进行，有利润的时候……"田端歪着头说，"如果你要我早一点还你，那只能用我自己的钱慢慢还你。"

"那倒不需要。"

这时，田端露出灵机一动的表情说："那以后从我的零用钱中扣除。"

"零用钱……什么意思？"

他搞笑似的轻轻摊开双手。

"就是这个意思啊。咦？没有零用钱？不会吧？"

花惠知道自己的脸红了。他的意思是指结婚之后。当她察觉到这一点后，立刻觉得钱的事根本不重要。于是，她再度答应出资。

之后又拿了几次钱给田端。虽然田端每次都有不同的理由，但每次都暗示要结婚。花惠每次听了，就像中了魔法，什么都说不出口。

认识田端差不多两年后，花惠的身体发生了变化。她的月经停了。她心想该不会怀孕了吧，便去买了验孕棒，出现了阳性反应。

她约了田端在咖啡厅见面，战战兢兢地告诉他这件事。他从椅子上站了起来，握住了她的手。

"是吗？太好了。谢谢你，太谢谢了。"他神采飞扬地说。

"我可以生下来吗？"

"当然啊，那还用说，是我们的孩子啊。"

他握着花惠的手，凝视着她的眼睛说："我们结婚吧。"

花惠差一点喜极而泣，因为她原本以为田端会露出为难的表情。

"等一下，孩子什么时候出生？"田端好像突然想起了什么，"嗯，时机刚好有点微妙。"

"时机？"

"嗯，不瞒你说——"

他说，他下个月要去纽约一阵子。因为新业务的重心在纽约，在业务步入轨道之前，他必须守在那里。

"董事长无论如何都要派我去，说其他人靠不住。"

"你要去那里多久？"

"短则三个月，长的话恐怕要半年。"

这样的话，可以在孩子出生前回来。花惠稍微松了一口气，对田端说："既然是公司的安排，那也没办法。"

"对不起，这么重要的时期无法陪在你身旁。你要注意身体，不要累坏了。"

"嗯，我知道。"花惠摸着自己的肚子，内心充满幸福。

她去医院检查后，发现果然怀孕了。当她拿着B超检查单回家时，忍不住唱起了歌。

不久之后，她就向公司申请离职。当她说出离职理由时，上司和同事都为她感到高兴，向来毒舌的组长还说："剩余品拍卖终于结束了。"

之后她很少见到田端，因为他在出发去纽约前有很多事要处理，所以抽不出时间。花惠很想和他讨论婚礼的事，也想去见他的母亲，但迟迟没有机会开口。

田端出发前一天上午，突然来家里找她。

"我闯祸了，我把提款卡和存折都放在寄去纽约的行李中，现在才想到，我没办法取钱。"

"那怎么行？你需要多少钱？"

"我也不清楚，目前还不知道那里的状况，当然越多越好。"

"好吧。"

花惠决定拿出原本不愿意动用的钱。她带着克枝留给她的存折和印章，和田端一起去了银行，领了一百万整交给他。

"谢谢，帮了我的大忙。等那里状况稳定之后，我立刻寄钱给你。"

田端说，不用去送他。因为他担心孕妇一个人从机场回家不安全。

"你真容易担心，好，那我就乖乖在家。"

"那才对嘛，我出发前会打电话给你。"田端说完，转身离开了。

这是花惠最后一次见到他，但直到更久之后，她才意识到那是最后一次见面。

田端不时写电子邮件给她，几乎都是谈工作的事，强调他很忙。

花惠独自在家翻翻育儿杂志，看看电视，有时候梦想一下两个人的未来。她的脑海中只浮现幸福的画面，每天都快乐无比。

唯一的担心，就是金钱的问题。虽然有一笔离职金，但金额并不高。因为目前没有收入，所以余额当然越来越少。

田端虽然承诺很快会寄钱给她，但他去美国两个月了，花惠也没有收到分文。起初的邮件中他还不时地为此道歉，但渐渐不再提这件事。

花惠心想也许他忘记了，于是就在电子邮件中暗示他，但迟迟没有收到回复。好不容易收到回复，却完全不提寄钱的事。

最后她鼓起勇气，直接在电子邮件中告诉他："我越来越没钱了。"田端没有立刻回复，她又发了一封邮件："如果可以，希望你马上寄钱给我。"

过了好几天，仍然没有收到回复。花惠几乎每天都发电子邮件，但还是没有任何回应。没想到，田端从此杳无音讯。

她不由得担心田端是不是在纽约出了什么事。

电子邮件是可以联络到田端的唯一方法，她烦恼了很久，最后拿出了第一次见面时田端给她的名片。上面有田端的内线电话，但她还是决定先打总机。

可是，电话中传来"您拨打的电话是空号"的声音。花惠困惑不已，难道公司的总机号码会改吗？

她打电话去NTT的查号台，对方回答说，那个地址并没有那家公司。花惠坚称不可能有这种事，确认了好几次，对方还是坚持没有这家公司。

她拿着手机，陷入了茫然，完全搞不清楚状况。

她想到也许公司搬家了，公司的名字也改了。可能只是田端忘记告诉她了。

她没有电脑，所以去了网吧，在店员的指导下搜寻，看到了意想不到的报道。

田端的公司之前的确存在，但两年多前就倒闭了，刚好是花惠认识他不久之后，而且并没有被其他公司并购。

花惠的脑中一片混乱。田端说的那家公司又是怎么回事？新业务、出资、纽约——各种字眼在她的脑海中穿梭，完全无法理出头绪。

她不知所措，终于发现自己对田端一无所知。共同的朋友就是当初安排他们认识的那个朋友，即使去问她，恐怕也问不出任何事。

花惠持续发电子邮件给田端，但是有一天，连邮件也无法寄达了。难道是他改了信箱？

花惠不知道该怎么办，日子一天一天过去。看着肚子一天比一天大，她越来越不安。怀孕第六个月时，她的存款快见底了。

这时，她接到一通电话。是一个陌生的号码。

她接起电话，对方劈头就问："你是町村花惠小姐吗？"是一个女人的声音。

"是，请问你是哪位？"

"我姓铃木，你应该认识田端佑二吧？"女人问她。听到田端的名字，她的心一沉。

"认识啊……"

自称姓铃木的女人停顿了一下问："那你知道他死了吗？你知道他闯铁路道口死了吗？"

因为对方的语气太冷淡，花惠一下子无法理解对方在说什么，停顿了几秒，才发出"啊？"的声音。

"你果然不知道。"

"这是怎么回事？是什么时候发生的？"她惊叫着问道。

"两个星期前，被中央线的电车轧死了。"

"中央线？不可能，因为他在纽约……"

"纽约？哦，原来他是这么骗你的。"

"骗我……"

"町村小姐，我想你听到这个消息应该很受打击，但你听清楚，你被骗了。他骗了你多少钱？"

"啊？"

"他拿了你的钱吧？我被他的花言巧语骗了五十万。"

对方说的每一句话都在花惠的脑海中发出巨响，她无法相信田端已经死了，更不可能相信这种话。

"你在听吗？你没有给他钱吗？"

"借给过他一点……"

"我就知道，他是个寡廉鲜耻的骗子，骗了很多女人，也骗了不少钱。我想你应该不知道，他有老婆和孩子。"

花惠觉得全身的血都沸腾起来："怎么会……"

那个姓铃木的女人一口气继续说了下去。她得知田端闯铁路道口自杀后，通过报社的关系，查到了田端家的住址，终于发现了他的真面目。田端对她说，他是经营顾问公司的老板，但那根本是家空壳公司。她火冒三丈，调查了田端的物品，确认有没有其他受害人。

"町村小姐，要不要成立被害人自救会？就这样整天以泪洗面不是太不甘心了吗？如果可以，至少能拿回一点钱吧？"

被害人自救会、以泪洗面——她完全没有真实感，觉得这一切不是真的。

"对不起，我不参加。"

"为什么？他不是骗了你的钱吗？"

"我的钱，那……没关系。对不起，没关系。"

对方继续说着什么，但她说了声"对不起"，就挂上了电话，视线落在已经微微隆起的肚子上。

她觉得不可能有这种荒唐事。一定是刚才的女人脑筋有问题。田端听到自己怀孕，感到很高兴，还对自己说"谢谢"，说"我们结婚吧"，那些话听起来不像在说谎。

花惠再度去了网吧，想要调查新闻报道，想要确认"没有"田端在两个星期前自杀的事实。

然而，当她用几个关键词搜寻后发现的报道把她推入了绝望的深渊。

田端佑二死了。正如那个女人所说的，他冲进铁路道口自杀了，报纸上说他的动机是"金钱方面的问题"。

花惠觉得身体好像被抽掉了什么东西，无法继续坐在椅子上。她从椅子上跌落下来，在渐渐远去的意识中，听到有人跑过来的声音。

11

好久没来滨冈家了，这里的树篱似乎不像以前修剪得那么整齐，现在可能没心情修剪吧。

他按了门铃，对讲机中没有传来任何响应，玄关的门就直接打开了。披着淡紫色开襟衫的里江满脸笑容地探出头："欢迎啊。"

中原欠身打完招呼后，打开了院子的门，走进院子。

走进有壁龛的日式客房，中央放了一张矮桌，角落设置了佛坛，上面有小夜子的遗照。

里江拿了坐垫给他，但他先为小夜子上香。上完香后，才在前岳母对面坐了下来。"对不起，在你忙碌的时候上门叨扰。"

"你太客气了，"她摇了摇手，"我跟我老公说，你至今仍然这么关心小夜子，我们感激还来不及呢。虽然我老公今天也很想见你，但他担任顾问的公司有事，所以不得不出门，他叫我代他向你问好。"

"爸爸的身体怎么样？"

"马马虎虎吧，毕竟已经上了年纪。"

里江把一旁热水瓶中的热水倒进茶壶，飘来一股日本茶的香气。里江把茶杯放在茶托上，放在中原的面前："请喝茶吧。"

"谢谢。"中原挪到矮桌旁，拿起了茶杯。

"我在电话中说了，看了小夜子的手记后很震撼，觉得自己没有像她想得那么深入。"

"我们也很惊讶，正因为这样，所以才会对山部律师说，无论如何都要在审判中反映她的信念。"

"我很了解你们的心情，开庭的日期确定了吗？"

"山部律师说，开庭日期应该快出来了。"

"希望审判不会拖太久。"

"听说现在和以前不一样，时间大幅缩短。而且，这次的凶手全面认罪，应该很快就会结束审理。"

"是吗？我对陪审团制度还不太了解，是用怎样的方式进行？"

"听山部律师说，陪审员是一般民众，所以对事件的印象很重要。检方会努力强调犯罪行为的残忍，但辩方应该会诉诸感情。"

"诉诸感情吗？怎么诉诸？"

"以这次的案子为例，辩方一定会主张要重视凶手自首投案这一点，对了对了，律师还说，恐怕还会提出考虑凶手的年纪。"

"年纪？他多少岁了？"

"六十八岁，所以，即使判二十五年的有期徒刑，他出狱也九十三岁了，等于是很接近无期徒刑的量刑。听律师这么说，也觉得有道理，所以我开始觉得，即使无法判死刑，这样好像也可以。"

中原喝了一口茶，吐了一口气："所以，无法期待死刑判决。"

"律师说，应该不太可能。"里江垂下双眼。

即使如此，他们仍然想要参与审判，为了在法庭上说出"求处被告死刑"这句话。

"你要的东西，我都放在那里了。"里江看向隔壁客厅说道，客厅和这个房间之间隔了一道纸拉门，但目前拉门敞开着。客厅的地上放了三个纸箱。

"我可以看一下吗？"

"当然可以。"

中原走到客厅，在纸箱前坐了下来。纸箱里装了书籍、数据和笔记本，还有数码相机和电子阅读器。

这是从小夜子的出租屋带回来的。昨天，中原打电话给里江，希望可以看一下小夜子在工作上使用的资料。因为他看了小夜子的手记后，想要深入了解前妻是在怎样的背景下写下这些内容的。

"她的出租屋有更多的书和资料，我先找了这些和她的手记有关的东西，相机可能没有关系，但我也一起放进去了。"

"好，不好意思，让你费心张罗。"

"没关系，那份手记就储存在那台电脑里。"里江指着沙发前的茶几说，上面放了一台笔记本电脑。

中原坐在沙发前说："那我看一下。"

他打开电源，屏幕上显示需要输入密码。他问了里江，里江告诉他，密码是：SAYOKO，警方在调查电脑时，重新设定了这个密码。

电脑中储存了很多数据，大部分都是文字文件，分类丰富多样。最近一篇文字文件是那篇关于偷窃瘾的报道。

"我大致看了一下，她采访了很多主题。没想到自由撰稿人工作这么辛苦。"

"她比我更加充满活力。"

"道正，你也很出色。虽然遭遇了那种事，但重新站了起来，投入新的工作。葬礼的时候，大家都觉得你很了不起。"

"没有没有。"中原偏着头苦笑着。自己只是继承了舅舅的事业，根本没有任何值得骄傲的事。

"我在二楼，有什么事，随时叫我。"

"不好意思，谢谢。"

目送里江走出房间，中原将视线移回电脑上。稍微看了一下，小夜子果然搜集了很多关于死刑和刑罚的资料，他还找到了专门搜集相关报道和判例的资料夹。

粗略浏览了电脑里的数据后，他坐到纸箱前，这里有很多与死刑制度、审判和量刑相关的书籍和资料，也有解说被害人参加制度的书籍。中原的心情很复杂，小夜子应该做梦都没有想到，在自己遭到杀害的事件中，父母打算运用这项制度。

他拿起每一本书随手翻阅，检查小夜子有没有在书上的空白部分写笔记，这时，突然有东西掉在他的脚下。那是一张 B5 尺寸的纸，折起后夹在书里。最上面写着"儿童医疗咨询室举办日通知"，下方有几个日期，似乎每个月举办一次。

原来是简介。他正想要重新折好，突然停下了手。因为他看到最下方"庆明大学医学院附属医院"几个字。

他想起最近好像在哪里听过这个名字，努力回想后，终于想起来了。是从山部律师口中听说的。被告的女婿在庆明大学医学院附属医院工作。

但是——中原耸了耸肩，把纸重新折好，夹进手上的书中。这也未免太牵强附会了，应该只是巧合吧。这份简介一定是小夜子为了采访用途带回来的。庆明大学医学院是名校，小夜子前往采访也很正常，况且和死刑根本没有关系。中原拿起下一份资料时，已经把那份简介的事抛在了脑后。

当他检查完纸箱内所有的东西时，天色已经快暗了。里江下楼为他泡了咖啡。

"情况怎么样？"里江问。

中原轻轻"嗯"了一声，"我充分了解到小夜子和我离婚之后，多么认真地钻研这个问题，深切感受到她致力于减少凶恶犯罪的心情，发自内心地感到佩服。"

这番话并不是奉承，光是看小夜子搜集的书名和数据名称，就可以感受到她的执着。

"既然这样，要不要认真考虑那件事？"里江陷入了沉思。

"哪件事？"

"之前不是跟你说过吗？在出版社工作的日山小姐说，如果想把小夜子的稿子出书，她愿意帮忙。"

"哦，原来是这件事，"中原用力点了点头，"很好啊，我十分赞成。"

"等审判告一段落后，我再和她商量，只不过不知道会等多久。现在有很多事要忙。"

"要不要由我和日山小姐联络？我在守灵夜时见过她，也算认识了，而且，我也想找机会和她好好聊一聊。"

"是吗？那就拜托你了。如果你愿意负责这件事，小夜子在那个世界也会感到心满意足的。"

"我没有能力负责啦。"

中原从纸箱里拿出数码相机。正如里江所说，也许和死刑问题没有关系，但他想看一下小夜子在采访时拍了哪些相片。

他打开电源，相片出现在液晶屏幕上。看到第一张相片，中原有点意外。原本以为小夜子拍的是哪一座监狱的内部，没想到是一片郁郁苍苍的树林，并没有任何人影。

中原操作着按键，检查之前的相片，发现有好几张都是一片树林。不像是庭院，而是一片森林，并没有拍到任何纪念碑之类的东西。中原看了摄影日期，发现是小夜子遇害的十天前。

"道正，怎么了？"里江似乎察觉到他不太对劲，开口问道。

"没有，我只是在想，这里是哪里。"他把相机屏幕递到里江面前。

里江讶异地摇了摇头："不知道，这会是哪里呢？"

"看日期，是案发的不久之前，你有没有听说小夜子去哪里旅行？"

"嗯……我没听说。"

"是哦。"

中原看着相片，总觉得无法释怀。他无法把撰文激烈反驳废除死刑论的小夜子和这片树林联系在一起。

12

为了和日山千鹤子见面，中原难得地休了假。她任职的出版社位于赤坂，崭新的出版社大楼就在和外堀大道平行的那条路上。

他在前台自报姓名后，在大厅等候，身穿夹克的日山千鹤子出现了。她比之前在守灵夜看到时显得更加年轻，手上拎了一个纸袋。

"让你久等了，这边请。"日山千鹤子面带笑容，指着一旁的入口说道。走进一看，那里有桌子和椅子，似乎是和访客开会讨论的地方。

室内有一台饮料自动贩卖机，日山千鹤子在贩卖机前停下脚步："你要喝什么？"

"咖啡……啊，不，我自己来买就好。"

"你不要客气，又不是请你吃什么贵的东西。"

"谢谢你。"

日山千鹤子也选了咖啡，两个人拿着纸杯，在空位上坐了下来。

"这次拜托你这么麻烦的事，真的很抱歉。"中原向她致歉。

"别这么说，谢谢你联络我，其实我也一直惦记着这件事，不知道小夜子写的手记怎么样了。"

"你看过了吗？"

"看了，"日山千鹤子点了点头，从纸袋中拿出一摞稿子，"显然是她投入了很多心血的力作，我一口气看完了。"

中原是在三天前把这份底稿寄给日山千鹤子的。因为在打电话和她联络后，她说希望在讨论之前看一下这份手稿。站在她的立场，这是理所当然的要求。

"有没有达到出版的水平？"中原问。

"水平应该没有问题，文字很顺畅，内容也不会太费解，用通俗易懂的方式表达了废除死刑绝对有问题，应该将所有杀人凶手都判处死刑的主张，这方面写得很好，只是并不是完全没有问题。"

"哪些方面有问题？"中原看向稿子，上面贴了好几张粉红色的便利贴，也许是日山千鹤子在意的部分。

"小夜子努力从客观的角度落笔，但某些部分有点情绪化，这并没有问题。这种作品明确表达作者的心情，反而更有说服力，问题在于她的感情似乎有点摇摆不定。"

"你的意思是……"

日山千鹤子喝了一口咖啡，微微偏着头。

"我在想，是不是小夜子本身还没有找到明确的答案，对于杀人凶手都要判死刑这种做法是否能够解决所有的问题，仍然没有定见。"

"哦，也许吧。"中原看着眼前这位编辑，"太厉害了，专业的眼光果然不一样。"

"什么意思？"

中原把从平井律师口中听说的事告诉了她。蛭川虽然被判处死刑，但也因为被判处死刑，他直到最后都没有悔改之意。

日山千鹤子一脸了然于心的表情，连续点了几次头。

"死刑很无力吗？这句话很沉重。"

"我猜想小夜子听了平井律师说这件事后，也产生了犹豫。虽然她原本基于防止再犯的目的强调死刑的好处，但我认为反而反映了她内心的迷茫。"

"很有可能，"日山千鹤子说完，突然睁大眼睛，"你可不可以把和那位律师的对话写下来？"

"啊？我吗？"

"除此以外，还有几个我有点在意的部分，如果可以增加你的意见，我认为可以成为很好的作品，可以用小夜子和你合著的方式出版。"

"呃？不行啦，我不太会写文章。"

日山千鹤子摇了摇头。

"不需要追求精彩，只要把你的想法写下来就好，我也会协助你，一定可以成为话题。小夜子的稿子就这样被埋没不是太可惜了吗？"

小夜子目前的原稿似乎很难直接出书。中原有点不知所措，因为他完全没有预料到日山千鹤子会提出这样的要求，但他真的很希望小夜子的稿子可以出版。

中原低头思考着，日山千鹤子探头看着他问："怎么样？"

"可以让我考虑一下吗？因为，我没什么自信。"

她笑了笑。

"好，反正并不急，请你好好考虑，我先把这些稿子还给你。"她把原稿放回纸袋，递给中原。

"真是意想不到的发展，"中原接过纸袋，摇了摇头，"如果把我这么蹩脚的文章混在其中，小夜子在那个世界也会生气吧？"

"这方面请你不必担心，而且，小夜子也不是一开始就写得这么好。"

"是吗？"

"对，因为她之前写过文案，所以语汇很丰富。"

"哦，"中原一脸意外地看着纸袋，"完全感觉不出来。"

"文章这种东西，越常写，就会写得越好。小夜子也是在写了各种报道后，有了很大的进步。"

"对了，"中原坐直了身体，"我忘了谢谢你杂志的事，谢谢你特地寄给我。"

"你是说偷窃的报道吗？你看了之后有什么感想？"

"很发人深省，之前我完全不知道有人会为此烦恼。"

"这是小夜子准备了很久的企划。她得知某个治疗酒精依赖症的医疗机构也有矫正偷窃瘾的课程后，就产生了兴趣，努力寻找愿意接受采访的病患，费了很大的功夫。"日山千鹤子露出苦笑。

"虽然都是偷窃瘾，但每个人的原因都不同。"

"是啊，但其实我也是看了之后才知道。我只是为小夜子安排采访而已，其他都是她独立完成的。中原先生，哪一位女性的故事令你印象最深刻？"

"嗯，"中原偏着头，"每个人的故事都让我印象深刻，从某种意义上来说，她们都很可怜，还有人因为摄食障碍发展为偷窃瘾，只能说是悲剧。"

"深有同感。"

"但是我对第四个女人的故事印象最深刻，她好像在跟自己过不去。"

"哦，"日山千鹤子点了点头，"她觉得自己没有资格活在这个世上，所以都吃偷来的食物。"

"是啊，为什么会这么自责？"

"也许有什么心理问题，中原先生，你在小夜子守灵夜时，见过报道中的那个女人。"

"哦，果然是她，"中原点了点头，"在看报道时，我就有这种感觉，我记得她叫井口小姐？"

"对，井口沙织小姐，小夜子也特别关照她。其他人都只采访一次，但她和井口小姐见了好几次。"

"守灵夜那天好像聊到过这件事，小夜子好像特别照顾她，具体是指哪些方面？"

"详细情况我就不太清楚了，而且我也不知道她们两个人关系这么好。我只知道小夜子遇害后，井口小姐打电话给我，说她从新闻中得知滨冈女士遇害的消息，不知道守灵夜和葬礼什么时候举行，所以那天才会和我一起去殡仪馆。"

"原来是这样。"

中原猜想小夜子在写那篇报道时，可能对她做了心理辅导。如果井口小姐没有敞开心房，不可能把那些事告诉小夜子。

　　"仔细观察她，就会发现她长得很漂亮，和我们在一起的时候感觉很正常，"日山千鹤子露出凝望远方的眼神，"但只要看到放满商品的货架，就会开始心神不宁，手也会发抖。"

　　"看来症状很严重。"

　　"但还是渐渐有了变化，第一次去她家时，我也一同前往，她家有一种异样的感觉。"日山千鹤子皱着眉头，微微探出身体。

　　"怎样的异样？"

　　"芳香精油的香味很强烈，适量的精油可以令人放松，但她房间里的精油味太强烈了。除此以外，还有颜色，家具、家电，很多都是红色的，连窗帘和地毯也是，冰箱也是红色的。"

　　"那真的很特殊，"光是想象一下，就觉得坐立难安，"她应该很喜欢红色。"

　　"问题并不是这样，我问她是不是喜欢红色，她回答说，并没有特别喜欢，只是回过神时，发现自己都买红色的。"

　　"哦……"如果是心理学家，应该可以给出一番解释，但中原什么都答不上来。

　　"最绝的就是树海的相片。"

　　"树海？"中原忍不住问，"你说的树海，就是那个树海？有很多树的树海？"

　　"对，那张树海的相片放在客厅的矮柜上，和花放在一起。我问她是哪里的森林，她回答说，是青木原的树海。"

　　"那张相片是明信片之类的吗？"

　　"不，只是把相片放在相框里。"

“只有树海吗？没有拍到人？”

日山千鹤子摇了摇头：“没有拍到人。”

“可能她很喜欢那张相片。”

“也许吧，但并不是很有艺术感的相片。”日山千鹤子似乎对此感到不解，她把纸杯里的咖啡喝完了。

中原想起小夜子数码相机中的几张相片，也只拍了一片茂密的树林。

“你说她叫井口沙织吗？字怎么写？”中原问。

日山千鹤子写下“井口沙织”几个字。

“她做什么工作？”

日山千鹤子意味深长地沉默片刻后，用一只手掩着嘴说：“可能是色情行业。”

“哦……”

“虽然不是她亲口说的，但小夜子曾经这么告诉我。”

“原来如此。”

报道中提到，她曾经两度入狱，的确很难从事正常的工作。

离开出版社后，中原站在路边打电话。电话立刻接通了，中原为前几天的事向里江道谢后，说了今天打电话的目的。

“小夜子的数码相机中最新的几张相片拍了有很多树的地方，反正不知道是森林还是树林，可不可以麻烦你用电子邮件发到我的邮箱？”

“啊？把相片发到你的邮箱？你等一下。”

里江和身旁的人讨论起来，应该是宗一。

　　"喂？道正吗？是我，"电话中传来宗一的声音，"前几天没见到你，真是太可惜了。"

　　"对不起，您不在家时登门造访。"

　　"没关系，有空随时来家里坐。先不谈这个，只要把数码相机里的相片发到你的电子邮箱就行吗？好，小事一桩，别看我这样，我对电脑很精通。"

　　"对不起，那就麻烦您了。"中原把自己电子邮箱的地址告诉了他，打算回家到电脑上看——他的手机是老款的，文件太大时，可能无法收到。

　　宗一复述了一遍后，说他知道了。

　　"爸爸，您最近身体还好吗？"中原问，"听说您前一阵子身体不太好。"

　　"已经没问题了。接下来要审判，得打起精神才行。"

　　"只要有我帮得上忙的地方，请尽管吩咐。"

　　"嗯，谢谢。道正啊，里江他们尽说一些丧气话，我可没有放弃。"

　　"您的意思是……"

　　宗一轻咳了一下说：

　　"死刑啊，说什么只杀了一个人，不会判死刑，这也未免太奇怪了。无论如何，我都要说服陪审员，所以，也要拜托你了。"

　　中原听到年迈的前岳父说的话，不由得感到热血沸腾。

　　"好，我们一起努力。"

　　"嗯，一起加油。电子邮件的事包在我身上。"

　　"拜托了。"

通话结束后，中原把手机放在内侧口袋，走在回家的路上。宗一沙哑的声音还回响在耳边。他已经七十多岁了，中原很担心他的体力是否能够承受开庭的压力。

他去便利店买了晚餐的便当后回到家，迅速换好衣服，打开电脑，确认电子邮件，发现相片已经收到了。前岳父的确很熟悉电脑操作。

他发了电子邮件道谢后，在网上查了青木原树海的数据，看到了大量相片，但大部分都是介绍那里是有名的灵异场所。

也有不少把那里视为观光景点所拍摄的相片，中原把这些相片和小夜子数码相机里的相片比较着。

果然是那里。小夜子拍的也是青木原的树海。树干很细的树木林立、低矮树木密集的画面和网上的树海相片很相似。

小夜子为什么会拍这种相片？

应该和井口沙织有关吧？在采访她的过程中，自己也想拍树海的相片吗？

他决定在网络上查一下有关青木原树海的资料。因为他发现自己几乎一无所知，只知道松本清张的小说中曾经提到，而且那里是热门自杀地点。

他甚至不知道青木原树海的确切地点在哪里。他用谷歌地图查了一下。

原来在这里。

青木原树海位于富士五湖之一的精进湖南侧。从东京出发的话，要怎么去？要在哪一个车站下车？他放大了地图的比例尺，想要调查这些事。

下一刹那，他感到一阵心慌。他一开始不知道自己心慌的原因，只知道自己有了重大的发现。

他看着地图，很快就发现了那个地名。

这是怎么回事？是巧合？还是——

他来不及思考，立刻采取了行动。他拿出手机，打给刚才见过面的日山千鹤子。

"喂，我是日山，发生什么事了？"她担心地问。

"我想请教你一件事，是关于我们刚才聊到的井口沙织小姐的事。"

"什么事？"

"请问她的老家在哪里？杂志上说，她高中毕业后，就来到东京，想要当美发师，所以，她应该不是东京人？"

"对，不是东京人，她是静冈县人。"

"静冈……请问是静冈的哪里？"中原握紧手机。

"我记得，"日山千鹤子停顿了一下，"好像是富士宫。"

"确定吗？"

"对……啊。我记得当时还想，原来是炒面有名的地方。请问，这件事怎么了吗？"

"没事，不好意思，打扰你了。"

挂上电话后，他再度看着电脑，视线从青木原向下移。那里就是富士宫市，井口沙织就在那里长大。

除了她以外，还有另一个人。

13

　　"有什么方法调查别人的经历吗？应该有很多方法吧？"神田亮子检查着九谷烧的骨灰坛说道。她面前的桌子上放了大约二十个箱子，这是今天早上刚送到的。因为公司换了一家合作厂商，和之前所使用的箱子不太一样，如果感觉客人无法接受，就要再退回去。

　　"比方说，有什么方法？"中原坐在椅子上，看着她检查骨灰坛问道。今天并没有安排葬礼。

　　"最简单的应该就是找征信社吧。你觉得这种款式怎么样？"神田亮子把手上的骨灰坛递到他面前。金色六角柱形的骨灰坛上画着花卉图案，她皱着眉头，应该不喜欢这种款式吧。

　　"太花哨了。"

　　"我才不想把这样的推荐给客人，退还给厂商没问题吧？"

　　"嗯，你就全权处理吧。征信社吗？我以前没有委托过征信社，有没有其他更简单的方法？"

　　"对方是怎样的人？你应该知道对方的姓名、住址吧？"

　　"我知道，还知道他是大学附属医院的医生，但我想知道更早之前的事，他在老家的人际关系。"

"想要调查这种事，外行人恐怕不行吧？我觉得委托征信社是最好的方法。啊，这个很不错，厂商应该多送一点这种款式嘛。"神田亮子双手抱着一个以红色为基调的骨灰坛。虽然是红色，但并不是鲜红，而是暗红色，上面画着树木和雪山。

中原想起井口沙织家里都是红色这件事，虽然他只见过她一次，但总觉得她内心深处有不为人知的苦恼。

她在静冈县富士宫市出生长大。中原得知这件事后，脑海中浮现出一个男人，就是杀害小夜子的凶手町村作造的女婿。听山部说，他寄了道歉信去滨冈家。中原记得他的老家也在富士宫，打电话向山部确认后，果然没有错。他的名字叫仁科史也，是庆明大学医学院附属医院小儿科的医生。

听到"小儿科"这三个字，中原的脑细胞再度有了反应。他想起小夜子书中夹的那份简介，好像是"儿童医疗咨询室举办日通知"，根据内容判断，应该和小儿科有关。

中原又打电话去滨冈家，请里江去找那份简介。里江顺利找到了，中原问了她简介写了哪些内容。

"没什么内容啊，只有日期而已。"

"日期就行了。"

他记下里江在电话中念给他听的日期，其中一个日期引起了他的注意。那是在小夜子遇害的三天前。

里江问他，为什么要查那份简介？他含糊其词地说，只是想知道一下，然后挂上了电话。

中原浏览了庆明大学医学院附属医院的网站，因为他猜想应该有儿童医疗咨询室相关的介绍。他果然没有猜错，小儿科的网页上介绍了咨询室，比简介上的内容更详细，还有举办地点的地图、预约方法和当天负责的医生。

负责每次活动的医生不同，中原看到案发三天前举办活动时的负责医生，整个人都僵住了。因为刚好是仁科史也。

他无法轻易忽略这个事实。

小夜子热心采访的对象井口沙织的出生地是富士宫，仁科史也的出生地也是富士宫。小夜子保存了仁科工作的那家医院的简介，医院在案发三天前举办了咨询活动。而且，案发十天前，小夜子去拍了树海，井口沙织家里也放着树海的相片。

当然，无法排除一切都是巧合的可能性。富士宫市有十几万人口，每年应该有很多人来东京发展，两个毫无关系的人很可能刚好都是富士宫人，然而，当以小夜子为中心配置所有的事项和人际关系时，无论在时间上和空间上，都有如此密切关系的状况，真的只是巧合而已吗？

"您说要多方了解价格后再决定，请问是什么……哦，原来是这个意思。您是希望在比价之后再决定……当然可以这么做。"

中原回过神时，发现神田亮子正在讲电话，应该是宠物过世的饲主打来的，似乎想和其他业者比较后再做决定。

神田亮子说着说着，皱起了眉头。

"那家业者会上门来接遗体吗？由他们负责火葬，再把骨灰送到府上吗？呃，这么说或许有点那个，但您可不可以先确认一下那家业者是否有自己的火葬炉？……对，因为有不少不良业者把饲主心爱宠物的遗体丢去山里，然后去宠物墓园挖一些经过火葬的动物骨头，交给饲主。……没错，有很多不良业者。当然，我不知道您接触的那家业者是不是这样。……对，所以最好请您亲自去看一下，那家业者有没有火葬炉。即使无法亲自去看，至少也要问一下火葬炉在哪里。一旦对方说谎，应该可以从态度中察觉到……您不必这么担心，这是为了您的爱猫啊……对，当然，敝公司当然有自己的火葬炉。您来这里参观一下就知道了……好，那就麻烦您了。"

挂上电话后，神田亮子对中原露出苦笑。

"那家业者说会开车来运走猫的遗体，三天后会装在骨灰坛中送回家里，费用是三万元。"

"一听就很可疑，饲主是怎样的人？"

"一位老太太，她很担心问对方业者有没有自家的火葬炉，对方会不高兴。"

中原皱着眉头说："日本的老人真是太客气了。"

"只要没有做亏心事，不管问什么都无所谓啊。"神田亮子说完后，又补充说："你刚才的问题不也同时解决了吗？"

"刚才？什么意思？"

神田亮子笑了笑："如果你想知道那个人的经历，直接问他就好了。如果没有不可告人的事，一定会老实回答你的。"

中原抱着双臂，看着眼前这位资深女员工："原来如此……"

　　"但如果对方有所隐瞒，彼此可能会很尴尬。"神田亮子继续低头挑选骨灰坛。

　　原来还有这一招——

　　根本不必担心彼此会尴尬，因为本来就是水火不容的关系。

14

约定见面的日子刚好下雨。中原沿着地铁的阶梯来到地面，撑着雨伞走向约定的地点。他们约在日比谷的一家高级观光饭店的咖啡厅，原本打算去对方的医院，但对方说这样太不好意思了，请他指定一个地方。中原不想和他在天使船的办公室谈这些事，所以就约在饭店的咖啡厅见面。以前在广告公司上班期间，和大客户见面时，都会约在这里。

饭店大门前很热闹，出租车和包车接二连三地停在大门口，看起来生活优渥的男男女女迈着轻快的步伐走进饭店，门童的动作也很优雅。

走进自动玻璃门，中原来到大厅，走在柔软的地毯上，把雨伞折了起来。他的视线看向左侧的咖啡厅。那里是开放空间，宽敞的咖啡厅可以容纳一百多人。

一个身穿黑色衣服的男人站在入口招呼他："欢迎光临。"

"我姓中原。"

男人了然于心地点点头说："正在恭候您的大驾，您的朋友已经到了。"

　　黑衣男人走进咖啡厅，中原跟在他的身后。中原打电话预约了这里，因为双方不认识，所以他认为用这种方法比较好。目前是晚上七点，预约这个时间并不会太困难。

　　黑衣男人带他走向后方的座位。这里很安静，应该可以好好谈话。

　　对方似乎看到了中原，从座位上站了起来。他皮肤黝黑，体格健壮，看起来像运动员，年纪有三十六七岁，穿着西装，系了一条暗色的领带。

　　"你是仁科先生吧？"中原问。

　　"是。"对方回答。他站得很直，两只手贴在身体两侧，"谢谢你联络我。"他恭敬地鞠躬后，递上了名片。

　　中原接过名片后，也递上自己的名片："我们坐下聊。"

　　桌上只有水杯，可能他觉得先点饮料太失礼了。

　　中原找来服务生点了咖啡，仁科也点了咖啡。

　　"很抱歉，突然约你出来。"

　　仁科听了，立刻摇了摇手，似乎在说他完全不介意。

　　"虽然很意外，但有机会和你聊一聊，真的太感谢了。"说完，仁科双手放在腿上，再度深深地鞠躬，"我的家人做了非常令人痛心的事，真的很抱歉。虽然刑事责任由当事人负责，但我也会尽力表达我的诚意。"

　　"请你把头抬起来，我联络你，并不是想听你说道歉的话。从那封信中，已经充分了解你的心情。如果只是想要敷衍一下，不可能写出那样的信，不，甚至不会想到要写信给遗族。"

　　仁科缓缓抬起头，看着中原，从他紧抿的双唇可以感受到他内心的痛苦。

这个人真的很老实。中原心想。这种态度绝对演不出来。之前通电话时，中原就有这样的感觉，直接见面后，中原更确信这一点。

中原昨天才看了仁科写的那封信。他打电话给里江，希望可以看那封信。里江欣然应允，立刻传真给他。他看了之后，再度打电话给里江，问自己是否可以和仁科见面。她当然很惊讶，问他为什么要见面。

中原回答说，因为想了解一下对方是怎样的人。

"目前，我并不算是小夜子正式的遗族，所以能够站在第三者的立场观察一下。虽然无法完全保持客观的态度，但我想了解一下对方，对我们并没有损失。"

里江听了他的说明，和宗一讨论后，答应了他的要求。

之后，他又打电话给仁科，约定今天见面。仁科的手机号码写在信上，虽然仁科对接到被害人前夫的电话有点不知所措，但得知是代表遗族后立刻释怀了。

中原对里江的说明并没有说谎，看了信之后，他的确产生了好奇，想知道是怎样的人写了这封信。但是，除此以外，中原无论如何都想和仁科见一面，了解富士宫、井口沙织和儿童医疗咨询室这几件事是否真的只是巧合。

"说起来实在太奇怪了，你刚才说是你的家人，但其实只是姻亲关系。只要你愿意，随时可以断绝关系，但你没有这样做，用好像亲生儿子的态度在处理这件事。虽然这么做很出色，但因为太出色了，已经不是感到钦佩，反而有点不自然。"

仁科摇了摇头。

"完全谈不上出色，因为我觉得岳父会做这种事，我也要负一部分责任，当然不可能断绝关系，这样未免太自私了。"

"这就是我说的太出色啊，你对他并没有赡养的义务。"

"虽然我没有，但内人有。而且，既然内人没有经济能力，当然应该由我这个丈夫支持。"

"但你太太不是决定不再接济她父亲吗？你根本没有任何疏失，也没有任何责任。即使你否认和这起事件有关，也没有人会责怪你。"

"内人是因为顾虑到我，才不得已做出这个决定，所以并非和我无关。"仁科的视线越来越低，最后终于低下了头。

咖啡送了上来，中原加了牛奶，用小茶匙搅拌着，但仁科仍然低着头。

"请你先喝咖啡吧。不然我也不好意思喝了。"

"哦，好。"仁科抬起头，喝了一口黑咖啡。

"请问你的家人怎么样？"

仁科听到中原发问，抬起了头。

"我不是问你太太和孩子，而是你的父母兄弟。他们对这起事件有什么意见？"

"当然觉得怎么会做出这种事……"

"没有叫你和你太太离婚吗？"

仁科没有回答，痛苦地撇着嘴，中原见状，立刻知道是怎么一回事了。

"果然这么说啊。"

仁科深深地叹了一口气。

"他们也有各自的社会立场，我能理解。"

"但你坚持不离婚，是因为你更珍惜你太太吗？"

"我……必须负起责任，不能逃避。"仁科仍然一脸痛苦的表情，但说话的语气很坚定。虽然他垂着双眼，但眼中透露出坚定的意志。到底是什么让他这么坚持伦理？还是说，不光是伦理而已？中原忍不住思考。

"你是在富士宫出生长大的吧？"中原决定进入正题。

仁科的身体抖了一下，似乎有点意外，眨了几下眼睛，说："是啊，有什么问题吗？"

"你的父母还住在富士宫吗？"

"我母亲还在，父亲在几年前去世了。"

"你老家在哪一带？"

"在名叫富士见丘的地方……"

"富士见丘吗？"中原从内侧口袋拿出圆珠笔，抽了一张餐巾纸，写了"富士见丘"几个字，"这样写正确吗？"

"没错。"

"是吗？我有一个朋友也是在富士宫出生长大的，年纪应该和你差不多。你就读哪一所高中？"

仁科一脸困惑，回答了他的问题。那所高中不出中原的意料，在当地是数一数二的升学高中，但他真正想知道的并不是高中。

"太了不起了，那中学呢？"

仁科狐疑地皱着眉头说："你应该没听过。"

"可不可以请你告诉我呢？我想问一下我那位朋友。"

仁科想了一下，回答说："富士宫第五中学。"他的声音比刚才更低沉。

"是公立中学吗？"

"对。"

中原在刚才的餐巾纸上又写了高中和中学的校名，折了起来，和圆珠笔一起放进了内侧口袋。

"离富士山很近吧，真羡慕啊，你经常去富士山吗？"

"不，我并没有……"仁科露出不解的神情，不知道中原为什么问这些事。

"说到富士山，那里也有树海吧。你有没有去过？"

"树海……吗？"

仁科的眼神晃动了一下，他看向半空后，又把视线移回中原身上。

"小学时，曾经去那里远足，但之后应该就没去过。树海怎么了吗？"

"不是啦，不瞒你说，"中原从放在一旁的公文包里拿出三张相片，放在仁科面前。那是从小夜子的数码相机中打印出来的相片，"案发十天前，小夜子拍了这些相片，那是青木原的树海吧？"

仁科看了相片后摇了摇头。

"我不太清楚，我刚才也说了，自从小学之后，我就没去过。"

中原注视着对方，仔细观察他的表情变化，却无法判断仁科是否内心慌乱，但他说话的语气有点僵硬。

"是吗？"中原点了点头，把相片放回了皮包，看着仁科拿起水杯喝水，中原拿出一份数据，那是他请里江传真给他的儿童医疗咨询室的简介。

仁科的表情有了明显的变化，他惊讶地睁大眼睛。

"这是……"

"你当然应该知道，这是你任职的小儿科主办的活动。"

仁科好像在吞什么东西般用力收起下巴："对。"

"上面有几个日期，我在网上查了一下，那天的负责医生刚好是你。"中原指着其中一个日期，"没有错吧？"

仁科舔着嘴唇，点了点头："对。"

"请你仔细看一下，这天刚好是小夜子遇害的三天前，你有什么看法？"

"不，这个，即使你这么说……"仁科喝了一口咖啡，"我不清楚你为什么现在提到这件事，这份简介……儿童医疗咨询室有什么问题吗？"

中原拿起简介。

"这份是传真，我在小夜子的遗物中找到这份简介。她没有孩子，却有这份简介，我猜想应该有什么原因吧。她是自由撰稿人，所以最有可能和采访有关。我想请教一下，小夜子有没有去儿童医疗咨询室？"

仁科目不转睛地看着简介，缓缓眨了眨眼，将视线移回到中原身上。中原觉得他这一连串的动作似乎代表他内心做出了某种决定。

"不，她没有来。"

"你没记错吧？"

"对。"

"我知道了。"中原把简介放进了公文包。

"中原先生，"仁科开了口，"你联络我，是为了问我这些问题吗？"

"对，"中原回答，"不行吗？让你觉得不舒服吗？"

"不，怎么可能？"仁科摇了摇头，"我没资格说什么不舒服，我没有逃避，也没有躲藏，如果你有想要说的话，就请你有话直说。"

"我想要说的话？"

中原在说这句话时，突然想到一件事，但在和仁科见面之前，完全没有想到。

"好。"中原挺起了胸膛，仁科也跟着坐直了身体。

"我的岳父母……就是小夜子的父母希望凶手被判处死刑。"

仁科的睫毛抖了一下，小声地应了一声："是。"

"但因为是初犯，又只有一个被害人，而且还去警局自首，考虑到这些因素，应该不可能被判死刑，但抢劫杀人罪的法定刑是死刑或无期徒刑，如果不是死刑，也是无期徒刑。即使诉诸感情，二十五年至三十年的刑期对高龄的凶手来说，的确也是很残酷的判决。"

中原停顿了一下。

"但是，如果不是单纯的抢劫杀人，而是另有动机，而且有可以酌情考虑的余地，刑期很可能大幅缩短。比方说，是为了自己以外的人而行凶。"

仁科的脸颊抽搐着，顿时红了脸。这是他第二次有明显的表情变化。中原觉得自己触及了核心。

果然如此，这起命案和这个人有关，所以他没有和妻子离婚，决定和凶手一起接受惩罚。

下一刹那，仁科立刻恢复了原来的表情。

"我不清楚你在说什么。"

中原默然不语地注视着对方的眼睛，仁科也直视着他，并没有将视线移开。

"是吗？对不起，我说了这些莫名其妙的话。我想说的话都说完了，今天的事，我会如实转告小夜子的父母。"

"麻烦你了，请你转达我们由衷的歉意。"

"好。"

中原伸手想要拿账单，但仁科先抢了过去："不，让我来。"

"那就谢谢了。"中原抱着公文包站了起来，看着仁科说，"我忘了问一件事。"

"什么事？"

"刚才和你提到的我那位在富士宫出生长大的朋友叫井口沙织，是一位女性，你认识她吗？"

仁科倒吸了一口气。

"不，我不认识。"

中原点了点头："太遗憾了。"

中原转身走向出口，盘算着什么时候可以休假，因为他要去富士宫。

15

电视屏幕上，**坏蛋的角色像往常一样正在为非作歹**，这时，正义的使者出现了。天网恢恢，疏而不漏；不是不报，时辰未到——这句话也是千篇一律。坏蛋虽然负隅顽抗，但最后还是正义的使者战胜了坏蛋。可喜可贺。

小翔拍着手，在地上跳来跳去。花惠转头看着他。"我可以再看一次吗？"小翔问。"只能再看一次。"听到花惠的回答，小翔乐不可支地操作着遥控器。他已经学会用遥控器，但同一部卡通连续看好几次，实在不知道哪里有这么好看。

花惠看着放在电视旁的时钟，已经超过八点半了，不知道和对方谈得怎么样。她一直在意这件事，今天一整天都无法做任何事。

昨天晚上，史也告诉她，接到了滨冈小夜子家属的电话。因为是离婚的前夫，所以严格来说，并不算是家属，只不过是死者父母授意，所以也差不多。

那个姓中原的人说有事要谈，想和史也见面。史也当然答应了，今天晚上七点，约在都内的观光饭店见面。

对方在电话中并没有说是什么事。

　　无论对方怎么骂，都必须忍受；即使对方提出再无理的要求，我也不打算拒绝——史也今天早上出门时这么说。

　　花惠完全理解他说的话，因为无论对方说什么，都没有资格反驳对方，但想象史也一语不发地向对方鞠躬道歉，就忍不住感到心痛。

　　这种生活到底要持续多久？只要走在街上，就会感受到别人异样的眼光。小翔今天也没有去幼儿园，可能接下来要找其他幼儿园了，但不知道哪家幼儿园愿意收。令人不安的事不胜枚举。

　　"啊，"小翔看着门叫了起来，"是爸爸。"

　　他可能听到玄关开门的声音。小孩子即使专心看电视，也不会漏听重要的声音。

　　小翔跑到走廊上，很有精神地说："爸爸回来了。"

　　"我回来了。"史也回答他。花惠忍不住握紧了双手。

　　小翔走了回来，史也跟在他身后走进来。"你回来了。"花惠说，她知道自己的表情很僵硬。

　　他点了点头，但没有走进客厅，把门关了起来。他可能要去二楼的卧室换衣服。

　　花惠走出客厅，把小翔独自留在客厅。上了楼梯后，打开了卧室的门。史也正解开领带。

　　"情况怎么样？"花惠对着丈夫的后背问道。

　　史也缓缓转过头。花惠看到他的脸，立刻惊讶不已。因为他的表情很阴沉。

　　"他……说了什么？"

　　史也吐了一口气："他没说什么，但问了不少。"

"问了不少？问你什么？"

"很多啊，"史也脱下上衣，丢在床上，看着花惠的脸继续说道，"也许一切都完了。"

花惠忍不住心一沉："……怎么回事？"

史也在床上坐了下来，垂下头，然后摇着头说：

"中原先生已经发现，那不是单纯的抢劫杀人。"

"啊？"

史也抬头看着花惠，他的眼神很黯淡。

"他给我看了树海的相片，好像是滨冈小夜子拍的。他问我，既然在富士宫长大，应该去过吧？"

"树海"这两个字重重打在花惠的心头。"如果只是这样，并不见得……"

"不光是这样。"

史也把和中原之间的对话告诉了花惠，每一件事都像是被棉绳勒住脖子，把花惠的心逼向绝境。

"中原先生还没有发现真相，但那只是时间早晚的问题，该做好心理准备了。"

"这……"

花惠看着脚下，觉得自己随时会坠入深渊。

"妈妈。"楼下传来叫声，小翔在叫她。"妈妈——"

"你去吧，"史也说，"快去吧。"

花惠走向门口，在走出房间时，回头看着丈夫，和他视线交会。

"对不起，都怪我。"

她摇了摇头："完全不是你的错。"

史也淡淡地笑了笑，然后低下头。花惠不忍心看他，走出了房间。

走下楼梯时，她感到一阵晕眩，立刻伸手扶住了墙壁。这时，她眼前浮现了一片地面被白雪覆盖的树海。

五年前的二月——

得知田端佑二自杀，以及自己一直被蒙骗时，花惠终于知道什么叫失魂落魄。

在网吧昏倒后，她连续好几天都没有记忆。虽然只昏迷了短短几分钟，但她完全不记得自己之后做了什么，如何过了那几天。

但是，她显然在那期间决心一死了之。花惠把所有的钱都放进皮夹，带了最少的行李离开了家。她打算不给任何人添麻烦，找一个可以没有痛苦地死去的地方，了结自己的生命。

她立刻想到一个地方，所以她穿了球鞋，行李不是装在行李袋里，而是装进了背包。因为猜想那里会很冷，所以戴了围巾，也戴上了手套。

她去书店查了去那里的方法后，出发前往目的地。她换了几班电车，来到了河口湖车站，然后搭公交车前往。公交车是引擎室向前突出的怀旧公交车，或许因为正值二月，公交车上没什么乘客。

搭了三十分钟后，她在西湖蝙蝠洞站下了车，因为那是旅游书上推荐的散步起点。偌大的停车场的角落，竖着一块散步道路线的大地图。

她从母亲克枝口中听说过青木原树海，好像这里曾经出现在某一本小说中，之后就成为自杀的热门地点。听说一旦在树海迷路，就无法再走出来，就连指南针也派不上用场。也就是说，自杀的决心要很坚定。

花惠摸着脖子上的围巾，只要把围巾挂在某棵树上，就可以用来上吊。为了避免被人发现，应该尽可能远离散步道。

她想着这些事，抬头看着地图，有人向她打招呼："你一个人吗？"一个身穿黑色羽绒服、三十多岁的男人站在那里。

"是啊。"花惠语带警戒地回答。

"你现在要去树海吗？"

"对……"

男人点了点头，看着花惠的脚问："这双鞋子没问题吗？"

她看着自己的球鞋问："不行吗？"

"散步道上还有积雪，小心不要滑倒。"

"哦，好，谢谢你。"花惠向男人鞠了一躬后，转身离开。因为她担心多聊几句，对方就会识破她的想法。

那个男人说得没错，散步道上覆盖着白雪，但积雪并不深，鞋子不会陷进去。花惠想到，富山乡下的积雪更厚。

走了没多久，就被一片郁郁葱葱的树木包围。虽然有很多落叶树，但大部分树上都有绿色的树叶。难怪这里叫青木原。

走了十分钟左右，她停下了脚步。前方没人。她缓缓转头看向后方，后方也没有人。

她用力深呼吸，吐出的白气很快就散开了。

她离开了散步道，走向树木之间。球鞋踩在雪上发出沙沙的声音，耳边传来呼啸的风声。她这才发现耳朵被冻得有点发痛。

不知道走了多久，脚下越来越凹凸不平。因为她一直低着头走路，所以无法掌握距离感。她抬起头，环视周围。

她立刻感到惊愕不已，因为无论看向哪一个方向，都是完全相同的景色。地面覆盖着白雪，树木密集而生，有一种可怕的感觉，似乎可以感觉到灵气从地面缓缓升起。

啊，我会死在这里。花惠心想。她试图回顾迄今为止的人生，但脑海中浮现的全都是有关田端的事。为什么会被那个男人欺骗？如果没有遇见那个男人，自己的人生不至于这么惨。

回想起来，自己和母亲一样。克枝也被作造欺骗，不，他们结了婚，所以克枝的命运还比自己好一点。

事到如今，她终于为自己感到悲哀。花惠蹲了下来，双手捂住了脸，她从来没有像现在这样强烈地觉得，活下去是这么痛苦的一件事。

脑海中突然浮现出母亲的脸。克枝满面笑容，向她伸出手，似乎在对她说，到我这里来。

嗯，我现在就去——

就在这时，有什么东西碰到了她的肩膀。她惊讶地抬起了脸，发现有人站在自己身旁。"你没事吧？"那个人问她。

抬头一看，原来是刚才那个男人，一脸担心地探头望着她。"你身体不舒服吗？"

花惠搞不清楚眼前的状况，这个男人为什么会在这里？

花惠站起来，摇了摇头："我没事。"

"这里偏离了散步道，回去吧。"

"呃……你先请。"

"我们一起走,请你跟着我。"虽然他措辞很客气,但语气很坚定。

"我还要继续留在这里……"

"不行!"男人斩钉截铁地说,"你的身体目前并不是普通的状况吧?"

花惠倒吸了一口气,看着男人的脸。他的嘴角露出笑容,从口袋里拿出一张像是卡片的东西说:"我是做这一行的。"

那是庆明大学医学院附属医院的出入证。他叫仁科史也。

"刚才看到你的时候,我就意识到你怀孕了,如果我说错了,还请你见谅。"

花惠低着头,摸着自己的肚子:"不,你说得对。"

"我就知道,所以我有点担心,过来找了一下,瞥见你走进树林的背影,心想情况不妙,就沿着脚印跟过来了。回去吧,我不能让孕妇独自留在这里。如果你不回去,那我也留在这里。你决定怎么做?"

他的语气不容别人反驳,花惠点了点头回答:"好吧。"

回到散步道后,他们不约而同地走向停车场。仁科默默地走着。

"请问……你是来旅行的吗?"花惠问。

"不能算是旅行,我老家在富士宫,正要回东京,顺路过来看一下。"仁科说完,微微偏着头说,"算是……扫墓吧。"

"啊!"花惠忍不住惊叫起来。原来是这么一回事。他的朋友应该在这里自杀了。

"你从哪里来?"

"呃……相模原。"

花惠以为他会问她为什么来这里，但他并没有追问。

回到停车场，仁科并没有停下脚步，而是继续往前走。"呃，"花惠在背后叫住了他，"我就在这里……"

他这才停下脚步，回头看着她说：

"我送你到河口湖车站，公交车很久才会来。"

"不，不用了，我一个人等。"

他大步走了过来。

"我送你，赶快去暖和的地方，不然对身体不好。"

"没关系，请你别管我。"花惠低着头。

她察觉到仁科走过来了。

"死在树海，完全没有任何益处。"

花惠惊讶地抬起头，和他视线交会。

"虽然有一些奇怪的传说，但即使被树海包围，也不可能轻松地死，只会被野生动物啃得体无完肤，变成凄惨的尸体而已。另外，说指南针派不上用场也是骗人的。"

他拍了拍花惠的肩膀说："走吧。"

花惠只能放弃。找其他地方自杀吧。花惠心想。即使不在树海中也没问题。

仁科的车子停在停车场的角落，他打开副驾驶座旁的门，花惠拿下背包上了车。

他脱下羽绒服，坐上驾驶座后问："你有家人和你同住吗？"

"没有，我一个人住。"

"你先生呢？"

"……我还没结婚。"

"啊……"

花惠低下头，但感觉到仁科正在看自己的肚子，以为他会问肚子里孩子的父亲在哪里。

他停顿了一秒后问："你父母呢？或是能不能联络到你的兄弟姐妹？"

花惠摇了摇头："我没有兄弟姐妹，父母都死了。"

"那有没有朋友？像公司的同事之类的。"

"没有，我辞掉工作了。"

仁科没有吭气，花惠察觉到他有点困惑。

他一定觉得自己惹上了麻烦事，所以后悔刚才叫她。

我才不管呢。花惠心想。别管我就好了。

仁科吐了一口气，系上安全带，发动了引擎。

"好，那请你把家里的地址告诉我，你刚才说在相模原。"他开始操作卫星导航系统。

"你想干什么？"

"先送你回家，之后的事，我在开车的时候再思考。"

"不……不用了，让我在河口湖车站下车。"

"这可不行，因为我担心你之后不知道会做什么事。赶快把地址告诉我。"

花惠不理他。他又叹了一口气。

"如果你不告诉我住址，我只能打电话报警。"

"报警……"花惠看着仁科的脸。

他一脸无奈的表情，点了点头。

"因为我在树海中发现一个想要自杀的女人，当然要报警。"他从口袋里拿出手机，"怎么样？"

她轻轻摇了摇头："你别打电话，我不会自杀。"

"那告诉我地址。"

仁科似乎无意让步，花惠只好小声地说出了地址，他输入卫星导航系统。

"如果不会不舒服，可以请你系安全带吗？"

"哦，好。"花惠无可奈何地系上安全带。

仁科在车上并没有问花惠寻死的理由，但说了不少他医院的事。他是小儿科医生，治疗了几个罹患罕见疾病的病童，有些孩子一出生就要插很多管子。

"但是，"仁科继续说道，"没有一个人后悔自己来到人世，他们的父母也从来没有后悔生下他们，所以我告诉自己，无论遇到多大的困难，都不要忘记生命是多么宝贵。"

花惠知道他想要说什么。要好好珍惜自己的生命。她当然知道这个道理，但如果活着比死了更痛苦怎么办？

仁科似乎察觉了她内心的想法，又接着说：

"也许你觉得，这是你的生命，要死要活都是你的自由，但这种想法不对。因为你的生命并不属于你一个人，也属于你已经过世的父母，还有认识你的所有人，即使他们并不是你的好朋友也一样。不，现在也属于我，因为如果你死了，我一定会难过。"

花惠惊讶地看着仁科。第一次有人对她说这种话，就连田端也没有说过这些话。

"而且，你忘了一件重要的事，你现在并非只有一条命，你还孕育着另一个生命，那条命不属于你，不是吗？"

花惠摸着腹部。道理谁都知道，但到底该怎么办？这个孩子没有父亲，甚至不是爱的结晶，而是男人欺诈的附赠品。

他们中途去了休息站，仁科说去那里吃饭。花惠想不到拒绝的理由，只好和他一起走进餐厅。

她原本不想吃东西，但看了橱窗后，突然产生了强烈的食欲。回想起来，她已经好几天没有好好吃饭了。

"要吃什么？"仁科在卖餐券的地方问她，手上拿着皮夹。

"啊，我自己来买。"

"别在意，你想吃什么？"

"那……"她又看了一眼橱窗后回答，"鳗鱼饭……"

仁科露出有点惊讶的表情后，微笑着点了点头："很好，那我也吃鳗鱼饭。"

花惠和他面对面坐在餐桌旁，吃着鳗鱼饭。鳗鱼饭好吃得让她几乎想流泪，她吃得精光，连最后一粒饭都吃完了。仁科问她好吃吗？她回答说，好吃。仁科心满意足地点点头。

"太好了，终于看到你的笑容了。"

听仁科这么说，花惠才发现自己在笑。

到公寓时，已经晚上八点多了，仁科一直送她到家门口。

"今天谢谢你。"花惠向他鞠躬道谢。

"你没问题吧？"仁科问。她回答说："没问题。"

一走进家里，她立刻开了灯。家里的空气冰冷。虽然早上才离开，但感觉好像好久没回来了。

她坐了下来，披着毛毯，双手抱膝，回想今天一天所发生的事。奇妙的一天：在树海中被死亡诱惑、遇见仁科，以及美味得令人感动的鳗鱼饭。

仁科说的每一句话都在她脑海中苏醒。

"如果你死了，我一定会难过。"

回想起他说的话，花惠觉得似乎产生了些许勇气。

但是——

这种心情并没有持续太久。因为只要想到明天要怎么活下去，就会陷入绝望。没有钱，没有工作，目前的身体也不可能去色情行业上班。孩子很快就要生下来了，恐怕已经过了可以堕胎的时期。

不行。刚才以为自己产生了勇气，其实根本是错觉。

花惠把脸埋进了抱起的手臂中，想起了在树海时的感觉，脑海中浮现出母亲的脸。我也想去那里——

就在这时，手机响了。花惠缓缓抬起头，从皮包里拿出手机。手机已经多久没响了？屏幕上显示的是一个陌生的号码。

她接起电话，"我是仁科，"电话中的声音说道，"你还好吗？"

她想起下车前，仁科问了她手机号码。

花惠没有回答，仁科着急地叫着："喂？町村小姐，喂？你听得到吗？"

"啊……是，听得到。"

"太好了，你还好吗？"

花惠不知道该怎么回答，只能沉默不语，电话中又传来"喂？喂？"的声音。

"那个，仁科先生，那个……"

"是。"

"对不起，那个，我有问题。我还是……我觉得还是不行……对不起。"

仁科停顿了片刻说："我马上过去。"然后就挂上了电话。

他一个小时后出现了，手上拿着便利店的白色购物袋，里面装了热饮和三明治。

花惠喝着装在塑料瓶里的热柠檬水，浑身都暖和起来。

"我很在意一个病童，"仁科说，"他天生心脏有问题，经常发生心律不齐，随时都可能离开。即使是假日，我也会去医院看一下，所以我今天也去了。他今天的精神特别好，还对我说，医生，我没问题，今天晚上你去关心别人吧。我正在想，他在说什么啊，不知道为什么，立刻想到了你，然后突然很惦记你的情况，所以刚才打了电话。"他露齿一笑，"看来这通电话打对了。"

花惠感到一股暖流涌上心头，她这辈子第一次听到这么温柔的话语。她泪流不止，慌忙用仁科递给她的纸巾擦着眼泪。

"仁科先生，你为什么不问我想死的理由？"

他一脸为难地抓了抓头。

"因为我觉得这种事无法对陌生人说，而且，人不可能因为随便的理由寻死。"

他很真诚。花惠心想。他应该比自己之前遇过的所有人更认真，也对自己更严格。

花惠注视着仁科的眼睛问："你愿意听我的故事吗？"

他端坐后挺直身体："如果你愿意告诉我的话。"

于是，花惠把自己漫长的故事告诉了刚认识不久的人。因为她不知道从何说起，所以就从自己的身世开始说了起来。她说得颠三倒四，连自己也觉得听不太懂，但仁科很有耐心地听她说。

当她说完后，他默默地注视墙壁片刻。他的眼神很锐利，花惠不敢叫他，也完全不知道他为什么这么严肃。

不一会儿，仁科用力吐了一口气，转头看着花惠。

"你受苦了，"他露出温暖的笑容，"但请你不要再想寻死。"

"……你觉得我该怎么办？"

仁科看向厨房操作台问："你好像都是自己下厨，你的厨艺很好吗？"

因为这个问题太意外了，所以花惠迟疑了一下才回答。

"厨艺不算好，但我会下厨。"

"是吗？"仁科说完，从口袋里拿出皮夹，抽出一张一万元，放在花惠面前。她不知道是什么意思，所以看着他。

"明天再慢慢聊，一边吃饭一边聊。"

"啊？"

"我平时都在医院的食堂吃晚餐，但那里的菜色一成不变，我有点腻了，所以我想拜托你，这是材料费和加工费。"

意外的发展让花惠不知所措。

"我做给你吃？"

"对，"他微笑着点了点头，"我晚上八点过来，可以麻烦你在八点之前做好吗？"

"我做的菜就可以吗？我不会做什么特殊的菜。"

"家常菜就好，我不挑食。可以拜托你吗？"

花惠看着放在面前的一万元，抬起头。

"好，我试试，但请你不要抱太大的期待。"

"不，我很期待，谢谢你答应了。"说完，他站了起来，"那明天见。"

"哦，好。"

花惠站起来时，他已经穿好了鞋子，说了声"晚安"就离开了。

花惠很纳闷，仁科为什么会提出这样的要求？

她把一万元放进自己的皮夹，开始思考要做什么料理。既然他是医生，应该吃过不少高级餐厅，所以如果想在高级菜上努力，恐怕也是白费力气。

想到食物，她才发觉肚子饿了。冰箱里有食物吗？这时，她看到了便利店的袋子，里面有三明治。

开吃了——她在心里对仁科说了这句话，伸手拿起三明治。

隔天，她难得神清气爽地醒来。自从得知田端死后，这是她第一次睡得这么熟。

她回想起昨天的事，觉得一切就像是梦，但垃圾桶里三明治的塑料包装显示这并不是梦。

花惠立刻下床。晚上之前要做好晚餐，没时间在床上发呆了。

她考虑了菜色，把所需的食材写在便条纸上。虽然她的拿手菜不多，但还是有几道可以拿得出手，她打算今晚做那几道菜。

确定了菜单后，她去超市买食材，回家之前去了麦当劳，吃了汉堡。昨天晚上吃了鳗鱼饭之后，似乎找回了食欲。

一回到家，她立刻开始着手准备晚餐，她发现自己已经很久没有下厨了。

晚上八点刚过，仁科就上门了。花惠带着学生让老师改考卷的心情，把做好的菜放在桌上。筑前煮、炸鸡块、麻婆豆腐、蛋花汤——这样的搭配完全没有脉络，但仁科吃着这些菜，对花惠说："太好吃了。"

仁科在吃饭时，把医院那些病童的事告诉了花惠。并非只有令人难过的事，也有不少开心的事。听到有一个小男孩为了去参加远足，在体温计的刻度上动手脚的事，花惠也忍不住笑了。

仁科除了侃侃而谈，也不时找话题让花惠开口聊天，兴趣、喜欢的音乐、喜欢的艺人、经常去玩的地方等。花惠第一次对别人说这么多关于自己的事，这些她从来没有告诉过田端。

"谢谢款待，真庆幸拜托了你，我已经好久没有吃别人亲手做的菜了。"吃完饭，仁科深有感慨地说。

"如果合你的胃口，那就太好了。"

"太好吃了，所以我想和你商量一下，明天也可以拜托你吗？"

"啊？明天也要吗？"

"对，如果可以，希望后天和后天之后的每天都拜托你。"仁科一派轻松地说。

"每天……"花惠拼命眨着眼睛。

"不行吗？"

"不，并不是不行……"

"那就拜托你，这些先寄放在你这里。"仁科从皮夹里拿出钱，放在桌上。总共有五万元，"不够的话再告诉我。"

花惠惊讶得说不出话，仁科说了声："谢谢款待，那就明天见喽。"然后就离开了。

花惠在洗碗时，决定第二天去书店。她打算去买食谱，想要多学一点菜色。

那天之后，仁科每天都上门，花惠一天中有一大半的时间都用于为他做菜。她完全不讨厌这件事，反而乐在其中。她发自内心地觉得，原来能够为别人做力所能及的事这么幸福。

不光是因为下厨是一件愉快的事，她也很期待仁科上门。只要仁科稍微晚一点来，她就会感到不安，担心是不是有急诊病人。

这种生活持续了十天。那天吃完饭后，仁科一脸严肃地说，有重要的事想和她谈一谈。

"我考虑了你和你肚子里的孩子的将来。"他坐直身体，直视花惠的双眼。

她双手放在腿上："是。"

"虽然可以申请低收入户补助，一个女人单独照顾孩子长大也不是不可能的事，但小孩子最好还是有父母，况且，以后如果无法对孩子解释他父亲的事，不是很伤脑筋吗？所以，我有一个提议，你愿不愿意由我来当他的父亲？"

他流畅地说出的内容完全出乎花惠的意料，花惠说不出话。

"啊呀，我的意思是，"仁科抓着头，"这不仅是我的提议，也是我向你求婚，希望你成为我的妻子。"

她仍然没有说话，仁科探头看着她问："不行吗？"

花惠用右手摸着自己的胸口。因为她心跳快得感到有点胸闷。她咽了咽口水，调整呼吸后开了口："这……不会……你是骗我的吧？"

仁科露出严肃的神情，收起下巴说："不可能在这种事上说谎或是开玩笑。"

"但是，这怎么行？你怎么可以基于同情和我结婚？"

"这不是同情，这是我连同自己的人生一起考虑后做出的决定，这十天来，我吃了你亲手制作的料理，充分了解了你，我是在这个基础上提出这个要求的，当然，如果你不愿意，我只能放弃。"

仁科的话说到了花惠的心里，就像水渗进了干土一样。怎么会有这种好像在做梦般的事？简直就是奇迹。

花惠低着头，无法克制自己的身体发抖。

"怎么了？"仁科问她，"我说了什么不该说的话吗？"

她摇了摇头，好不容易才挤出这句话："我无法相信……"她的眼泪流了下来，不知道已经多久没有喜极而泣了。

仁科站了起来，走到花惠身旁，张开手臂抱住了她的头："那就拜托你了。"

花惠心潮澎湃，也伸手抱住了仁科。

她觉得可以为他奉献自己的生命。

第四章　　　**从那个夜晚开始**

要求杀人凶手自我惩戒，根本是虚无的十字架。然而，即使是这种虚无的十字架，也必须让凶手在监狱中背负着。

16

打完电话后，她把红色智能手机丢在床上。毛毯是红色的，枕头也是红色的。

电磁炉上的红色水壶开始冒热气，井口沙织关了火，拿起水壶，把热水缓缓倒进放了茶包的杯子。茶杯当然也是红色的。

她坐在椅子上，把头痛药送进嘴里后喝了口红茶。早上起来之后就昏昏沉沉，应该快变天了。每次只要变天，她就开始头痛。

她叼了一支烟，点了火，果然一点味道都没有，但她仍然不停地吐烟。

刚才店里的男同事在电话中对她说的话仍然在耳边回响。

"你又请假？我跟你说，你应该趁还可以假装年轻的时候多赚一点。"

沙织"哼"了一声。多管闲事。到时候再去其他店上班就好，有很多男人喜欢老女人。况且，客人被脸色苍白、臭着脸的女人吹喇叭也乐不起来吧。

她皱着眉头，用指尖按摩着太阳穴，床上传来手机铃声。是店长打来的吗？

　　她起身把香烟在烟灰缸中熄灭后，拿起手机。手机上显示了"日山"的名字。她当然不可能不理会。

　　"喂？"她接起电话。

　　"井口小姐吗？我是日山，现在方便说话吗？"

　　"你请说。"

　　"有人想知道你的电话，但并不是陌生人，你之前也见过，就是滨冈小夜子的前夫，中原先生。"

　　"守灵夜的时候……"

　　"对，没错没错，就是他。可以告诉他吗？"

　　"他为什么想知道我的电话？"

　　"他说有事情要和你谈，但我不能未经你同意就告诉他，所以就打电话问你。"

　　"到底是什么事？你不知道吧？"

　　"对，我没问，中原先生想和你直接谈，我可以把你的电话告诉他吗？"

　　对方是滨冈小夜子的前夫，拒绝似乎很奇怪，而且她也很想知道到底是什么事。

　　"好吧。"她回答。

　　"可以告诉他，对吗？"

　　"对。"

　　"好，那我就告诉他了。你最近还好吗？身体怎么样？"

　　"嗯，马马虎虎。"

　　日山千鹤子关心了沙织的身体后，说了声"改天再聊"就挂了电话。

她把手机放在桌上，喝着红茶，试着回想滨冈小夜子的丈夫——中原这个人的长相，但怎么也想不起来了。也许是之前守灵夜时并没有好好看他的长相。

喝完红茶，把红色茶杯放进厨房操作台时，手机铃声响了。手机屏幕上出现了陌生的号码。

她深呼吸后，接起了电话，"喂"了一声。

"喂？请问是井口沙织小姐吗？"电话中传来男人听起来很耿直的声音。

"对。"她在回答时，知道对方就是那个姓中原的人。

对方自报了姓名，沙织果然没有猜错。

"我有重要的事想和你谈，可不可以约一个地方见面？"

"可以啊，但请问是什么内容？"

"见面后再详谈。请问你什么时候方便呢？我希望越快越好，因为很快就要开庭了。"

"开庭？"

"当然是小夜子遇害案件的审判。"

沙织心跳加速："和审判有关吗？"

"不知道，可能没有关系，但我想先和你谈一谈。"

"我和那起案件没有关系。"

"也许吧，所以我只是确认一下，因为我也不想把事情闹大。"

"把事情闹大？什么意思？"

"所以，"中原停顿了一下，"因为只是小事，所以我不想麻烦警方，认为直接和你见面比较好。因为我认为你被刑警问东问西，心里会不舒服。"

虽然他的语气很委婉，但简直就是在威胁，如果不和他见面，他就要报警。沙织感到乌云在心中扩散，不知道如何是好。

"喂，井口小姐，喂？"因为她没有说话，所以中原在电话中叫她，"可以听到吗？"

"嗯，"沙织回答，"听到了……"

"怎么样？我不会占用你太多时间，你愿意和我见面吗？"

虽然中原说话的态度并没有咄咄逼人，但感觉很强势。沙织很快就发现原因在自己身上。

她看向客厅的矮柜，看着矮柜上的相片，下定了决心。

"我知道了，"她回答，"那就见面吧。"

"是吗？你什么时候比较方便？"

"都可以……我今天请了假，今天也可以。"

"那可以今天见面吗？只要你说地点和时间，任何地方我都去。"中原一口气说道。

任何时间都可以，只是想不到适当的地方。她在电话中这么说，中原立刻问沙织住在哪里，她回答说，在吉祥寺。

"我等一下再打给你。"中原挂了电话，可能打算查店家吧。

沙织抽着烟，等待着电话。她不经意地看着香烟的包装，看到"吸烟有害健康"的警告，就忍不住生气。她从十几岁就开始抽烟——有时候一天抽两包。客人和她接吻时，经常抱怨她满嘴烟味——身体却完全没有任何异常，只有脑袋出了问题。如果抽烟会影响寿命，她希望赶快夺走她的生命。

虽然香烟无味，但她还是不停地抽，而且香烟会很快化成灰，正当她想要再拿一支时，手机响了。是中原打来的。

沙织接起电话，中原在电话中提议六点见面，并且说了吉祥寺车站附近的一家居酒屋。沙织也知道那家店。

"我知道了。"说完，她挂上了电话。

居酒屋位于住商大楼的二楼，她在入口说了中原的名字后，女店员立刻带她去了包厢，里面坐了一个身穿西装的男人。他体形偏瘦，脸也很窄，一头短发给人感觉很清爽。对了，就是他。沙织终于想起来了。

沙织走进包厢，中原站了起来："不好意思，让你特地跑一趟。"

"不会。"沙织简短地回答。因为对方站着，所以沙织也无法坐下。中原似乎发现了这点："啊，请坐。"然后自己也坐了下来，她在对面的座位坐下。

"呃，要喝什么呢？通常在这种店，都会先点啤酒。"中原问。

"啊……那就啤酒。"

"那就这么办。"

中原按了手边的服务铃，女店员很快就走进包厢，他点了生啤酒和毛豆。

店员离开后，他问沙织："你有没有和小夜子一起去喝过酒？"

"不，没有喝过酒……"

"是吗？因为她的酒量很不错。"

中原可能试图让气氛变得轻松，但沙织仍然紧张得浑身僵硬。

和审判有关的到底是什么事？

"请问我可以抽烟吗？"她看着烟灰缸问。

"啊，当然可以，请便。"

沙织点烟的时候，生啤酒和毛豆送了上来。

中原喝了一口啤酒，用手背擦了擦嘴，一脸严肃地看着她："你和小夜子谈了些什么？"

"什么……谈话的内容，只要你看杂志就知道了。"

"关于偷窃的事吗？"

"对。"她点了点头，低头吐着烟。

"除此以外，还聊了些什么？"

沙织把烟灰弹进烟灰缸，另一只手拿起杯子。

"聊了很多，像是兴趣之类的。"

"原来如此。你的兴趣是什么？"

"看电影……吧。"

"哦，你以前就喜欢看电影吗？"

"是啊，有什么问题吗？"

"不，我在想，你以前在老家时，不知道和谁一起去看电影，和你朋友吗？"

"……老家？"

"对，听日山小姐说，你是在富士宫出生长大的。"

沙织无法理解谈话的方向，却有一种不祥的预感。她喝了一口啤酒，然后想要抽烟，才发现已经烧到滤嘴了。她慌忙在烟灰缸里熄灭了烟蒂。

"你有没有告诉小夜子以前在富士宫时的事？"

中原的双眼发亮，沙织知道，接下来才是重点。

"不太清楚，可能聊过，但我记不清楚了。"

"是吗？"中原偏着头，"我认为不可能啊。"

"为什么？"

"因为小夜子是因为采访偷窃瘾才会认识你，当然想要知道你为什么会变成这样，既然这样，当然会谈到你的过去。根据报道，你在十几岁时曾经自杀未遂，也就是说，在来东京之前，应该曾经发生过对你而言很重大的事。"

听到中原的追问，沙织感到后悔不已。不应该来这里。不应该和他见面。

"井口小姐，"他探出身体，"可不可以请你告诉我，你和小夜子聊了什么？"

"没有……什么都没聊。"

"不可能吧？可不可以请你坦诚地告诉我？"

沙织停下正在拿烟的手，把烟盒放进皮包后站了起来："我走了。"

"我在电话中也说了，"中原说，"如果你不愿意说，我只能去警局，把我在富士宫所查到的一切告诉警方，这样也无所谓吗？"

走向门口的沙织停下了脚步，回头看着他问："你去了富士宫吗？"

"我去了，去了你老家附近，也见过几个和你同一所中学的老同学，幸好很多人都还在那里。"

沙织低头看着自己的脚。她不知道该怎么办。

"要不要先坐下？啤酒还没喝完。"

如果就这样逃走，无法解决任何问题。沙织坐了下来。

"富士宫第五中学，"中原好像在宣告般说道，"是你的母校吧？"

"是啊。"

中原点了点头。

"和那位先生一样。学校的名字是从他口中听说的，你知道他是谁吗？"

沙织没有吭气，他说："就是仁科史也。"她仍然没有说话。中原又继续说道："你果然没有惊讶，对你来说，这个名字并没有出乎你的意料。"

"我完全不知道你在说什么……"

"是吗？但是你的同学记得很清楚，你和比你大一届的学长仁科史也交往。"

沙织的心跳顿时加速。

是哪个同学？她并没有告诉任何同学和史也交往的事，但曾经有几个同学在街上看到他们后来问过她。

"小夜子通过采访认识了你，不久之后，就在路上被人杀害，凶手是你以前交往对象的岳父。我认为这绝非偶然，不，不光是我，任何人听了之后，都会觉得很奇怪，所以，井口小姐，如果你知道什么，可不可以请你告诉我？"

"我什么都……"她想从烟盒拿烟，但掉在了地上。她慌忙想要捡起来，但手指发抖，无法拿起来。好不容易捡起来后，她回答说：
"我什么都不知道。"她的声音也在发抖。

"那我可以告诉警方吧？警方听了我的话，绝对不可能袖手旁观。刑警调查时，就不会这么轻松了。"

沙织没有回答，想为叼在嘴上的烟点火，却因为手在发抖，无法打开打火机。只要一紧张，手就会发抖，所以也无法成为美容师。

"井口小姐，"中原叫了她一声，"在树海发生了什么？"

"啊？"她忍不住抬起头，但和中原视线交会，她立刻低下了头。

"我听日山小姐说，你家里放着树海的相片，小夜子也拍了树海的相片。我必须告诉警察这件事，这样也没问题吗？"

她终于点了火，连续抽了好几口，但完全没有任何味道，夹着烟的手指微微发抖。

"你什么时候知道小夜子遇害的消息的？"中原突然问了另一个问题，"听日山小姐说，在案发之后，接到了你的电话，你说看新闻知道了那起案件，你是什么时候，从哪里知道这起案件的？"

"应该是……在那起案件发生那天后。"

"新闻中说，名为滨冈小夜子的女人遭人刺杀吗？"

"是啊，听到之后，我吓了一跳……"

"太奇怪了，"中原偏着头，"我问过小夜子的父母，没有任何人说看到新闻知道这起案件，而打电话向他们了解情况。我觉得太奇怪了，所以就在网络上调查当时是怎样报道这起案件的，结果只发现报道提到，有人发现一个女人在路上倒在血泊中，被送往医院，确认已经死亡，根本没有提到女人的名字。应该在送往医院时，还不了解她的身份。因为她的驾照和手机等可以了解她身份的东西都被抢走了。警察应该查访附近的居民后，才终于查出她的身份，但并没有对外公布。在刑警来找我之前，我也完全不知道这件事，小夜子的父母也一样，日山小姐也是，所以我觉得很奇怪，为什么你看到的新闻中出现了小夜子的名字。"

沙织再度想要逃离这里，差一点对他说："你想报警就去啊。"但是想到被可怕的刑警包围，追根究底地讯问，就不由得感到害怕。

"井口小姐，现在这样，我愧对小夜子，"中原的语气十分沉重，"也许你已经知道，我和她曾经有过悲伤的经历，我们也因为这个原因离了婚。在那之后，我一直逃避这些痛苦的回忆，但小夜子不一样，她非但没有逃避，而且还勇于面对，为不再发生同类的悲剧而奋斗。我认为这起事件也是因为她的奋斗所发生的，所以，我无论如何都想知道真相，想知道到底发生了什么事。井口小姐，拜托你。我向你保证，即使你隐瞒的事违法，我也绝对不去报警，也不会告诉任何人。所以，可不可以请你告诉我？拜托了。"他双手放在桌上，深深低下了头。

看到他低头拜托，沙织感到坐立难安。她从滨冈小夜子那里得知，眼前这个男人曾经经历过多大的痛苦。如今，小夜子也枉死在别人的刀下，他当然想要知道真相。

她的耳边响起滨冈小夜子的话。

　　"我可能没有能力做什么，也没有自信可以拯救你，但是如果你在寻找答案，我的经验或许可以对你有所帮助，协助你一起寻找答案，可不可以请你告诉我？"

　　如果自己没有被这番话打动，眼前这个男人也不会如此痛苦。自己果然罪孽深重，早就应该从这个世界消失——沙织看着仍然低着头的中原，忍不住这么想。

17

　　由美的公司在饭田桥，目白大道旁的这栋高层大楼虽然有四部电梯，但永远都挤满了人，等好久才会来。好不容易挤进了电梯，也会在多个楼层停留，每次都要花很长时间才能抵达想去的楼层。下班时间的情况更严重，挤满了准备回家的员工。

　　如今是下班时间。为什么偏偏选这个时间？由美忍不住在拥挤的电梯内想。

　　终于到了一楼，她随着人潮走出电梯，但之后和那群准备回家的人走向不同的方向。他们走向员工出入口，但由美走向正面玄关。

　　来到天花板挑高的巨大大厅，那里有好几张沙发，史也坐在其中一张沙发上。他穿着西装，但没有系领带，看到由美后，轻轻挥了挥手。

　　她在对面坐了下来，史也说："不好意思，突然来找你。"他的表情极其阴郁。

　　三十分钟前，由美接到史也的电话，说有重要的事要谈，问等一下可不可以去她公司。他之前从来没有来过由美的公司。

　　"这一阵子都很空闲，但偏偏今天要加班，如果你再晚一点来，我们可以去外面一边喝咖啡一边聊。"

"不，很可惜，我没有太多时间，今晚有人要来我家里，我要在七点之前回家。"史也看着手表。

"是吗？我认识的人吗？"

"不，你完全不认识。"

"哦，"既然这样，她就没有兴趣，"你找我有什么事？"

"嗯……"史也垂下双眼。他果然没有精神。

"对不起，给你添了很多麻烦。"史也小声嘟哝着。

由美叹了一口气，摸了摸自己的头："既然这样，你就实话告诉我啊。"史也抬起头，她注视着史也的双眼，"你是不是有事瞒着我呀？"

他抿着双唇，眨着眼睛，点了点头。

"所以，你今天来是要告诉我这件事吗？"

"不，"史也摇了一下头，"说来话长，而且，也不适合在这种地方说。"他从上衣口袋里拿出一个信封，"晚一点看一下这封信。"

由美接过信封，发现比她想象中更厚实，应该有好几张信纸。

"不能现在看吗？"

"最好不要，等一下没人的时候再看。"

"写的什么啊……"

由美低头看着信封，上面写着"由美启"。她有一种不祥的预感，信中显然不会写什么开心的事。

"你现在没有话要对我说吗？"

史也用力深呼吸后，直视着她。

"我只想说一件事，希望你不要责怪花惠，她没有任何错。"

"但是……"

"你们说得没错，小翔不是我的儿子，但花惠并没有骗我，我认识她时，就知道她已经怀孕了。"

"你这么喜欢她，所以觉得这样也无所谓吗？"

他的表情稍微放松了。

"虽然我也很想这么断言，但很遗憾，不光是这样，只要你看了信，就知道其中的理由了。"

"信上写了吗？"

"虽然没有写得很明确，但我想你应该可以猜到。"

由美用力握着信封，信上到底写了什么？她完全无法想象。

"由美，"史也说，"拜托你帮我照顾大家，花惠、小翔，还有妈，我只能拜托你了。"他对着由美鞠躬。

由美睁大眼睛，看着哥哥。

"什么意思？这是怎么回事？拜托我？哥哥，你要去哪里吗？"

史也尴尬地移开视线，然后再度看着她。

"是啊，应该会吧。"

"要去哪里？你说清楚啊。"

但史也没有回答，看了看手表后站了起来。"哥哥。"由美叫了一声，她知道周围的人都在看自己，但她管不了那么多了。

"多保重。"史也说完，大步离开了。

"等……等一下啦。"由美慌忙追了上去，在大门前抓住了哥哥的手臂。

"怎么可以这样？你要把话说清楚——"

她没有继续说下去，因为她看到了史也的眼神。他的双眼充血，泛着泪光。

"由美，真的很抱歉。"

"哥哥……"

史也抽出自己的手，缓缓点了点头，再度迈开步伐。

由美望着哥哥离去的背影，突然唤起遥远的记忆。

那时候，由美还是小学生。

那是一个寒冷的早晨。哥哥悄悄溜出家门，他没有穿高中的制服，背了一个背包。由美隔着窗户，看着哥哥离去。

哥哥到晚上才回家，一看到他，由美立刻觉得哥哥变了一个人。

曾经是开朗、善良又温柔的哥哥在那天之后完全变成了另一个人，也许别人没有发现，但由美很清楚，只不过她没有告诉任何人。因为她的直觉告诉她，这件事不可以告诉任何人。

由美看着信，她猜想信上应该写了那一天发生了什么事。

18

下了电车后，中原确认了时间，快七点了。

走出车站后，他放慢脚步走在街上，欣赏着周围的景色。这是他第一次来柿木坂，街道两侧有不少设计典雅的房子。也许是因为这里并没有受到空袭的波及，所以在一片新房子中，有几栋感觉很有历史的房子点缀其中。这一带有很多绿树，除了人行道两侧的树木以外，许多住家的庭院内也种了枝叶茂盛的树木。

仁科史也的家位于巷子深处，是一栋以白色为基调的现代建筑，入口的铁门上雕着几何图案，可以看到门内是通往玄关的阶梯。

中原抬头看着房子，用力深呼吸后按了门铃，可以隐约听到屋内传来的门铃声。

玄关的门打开了，身穿黑色衬衫的仁科史也出现了，对中原鞠了一躬："请进。"

中原打开铁门，走了进去，上楼梯后，和仁科面对面。

"前几天谢谢你，很抱歉，这次又提出无礼的要求。"

"你太客气了。"仁科轻轻摇了摇头，然后伸出右手指向屋内。

"打扰了。"

中原打了一声招呼后，走进了玄关。

仁科的太太站在门内。中原从他们寄给小夜子父母的信中，得知她叫花惠。

"欢迎欢迎。"她努力挤出微笑，但表情显然很紧张。她的年纪应该比仁科稍微小几岁，和昨天见到的井口沙织相比，她给人感觉很朴素。

"很抱歉，突然上门叨扰。"

沿着走廊往屋内走，被带到了左侧的房间。茶几旁放着藤椅，隔着玻璃窗，可以看到外面不大的庭院，庭院内放着三轮车。

"你们有一个孩子吧？"

"对，是儿子，今年四岁了，很调皮。"仁科回答。

"今天他去哪里了？"

"送去托育中心了。如果有小孩子在家里跑来跑去，恐怕无法静下心来说话。你请坐。"仁科请他坐下。

"失礼了。"中原坐了下来，仁科也在他对面坐下。

中原环视室内，书架上放着实用类书籍和小说，还有一些绘本，矮柜上放着漂亮的花瓶和玩具机器人。

这是一个很普通的家庭。中原心想。仁科史也和井口沙织不同，他经过漫长的岁月，建立了一个普通的家庭。

"你们在这里住了多久？"

"差不多快三年了。"

"这栋房子很不错。"

"谢谢，当时买了中古屋，稍微装修了一下，虽然很希望可以买稍微大一点的房子，但手头没有足够的预算。"

"不，这么年轻就买房子，我觉得你很了不起。"

"是吗？"仁科微微偏着头。

中原不难想象，仁科内心充满了不安。之前在饭店咖啡厅见面时，他应该察觉，中原已经掌握了某些有关案件的重要线索，既然中原提出有重要的事情，希望见面详谈，他绝对会担心到底查到了何种程度。

中原想要开口时，听到了敲门声。"请进。"仁科回答。门打开了，花惠走了进来，手上的托盘上放着咖啡杯，咖啡的香味飘了过来。

花惠把咖啡放在中原面前，她的手微微发抖。"谢谢。"中原小声地说。

她把咖啡放在丈夫面前后，向中原行了一礼，走出了房间。中原稍微松了一口气，因为他认为花惠不在场比较容易开口。

他在咖啡中加了牛奶，喝了一口后，看着仁科的脸。"我可以进入正题了吗？"

仁科并拢双膝，挺直身体说："好的。"

中原从公文包里拿出杂志，上面仍然贴着粉红色的便笺。他把杂志放在茶几上："请你打开夹了便笺的那一页。"

仁科讶异地拿起杂志，打开那一页后，脸上的表情没有变化。

"偷窃瘾……吗？这篇报道怎么了？"

"这是小夜子……滨冈小夜子生前写的最后一篇报道。"

仁科睁大了眼睛，然后一语不发地看了起来。他的表情越来越严肃，似乎猜到了中原的用意。

看完报道后，他抬起头，表情似乎有点放空。

"怎么样？"中原问他。

仁科不发一语，垂着双眼。可以感受到他内心的痛苦。

"这篇报道中介绍了四名有偷窃瘾的女子，"中原说，"其中有一位你认识，很久之前，曾经和你关系很密切。你知道是哪一位女子吗？"

仁科抱着双臂，用力闭上眼睛。他似乎在冥想，又似乎是内心在翻腾。中原决定等他开口。因为他猜想眼前这个人应该已经下定决心。

仁科终于睁开眼睛，双手放在腿上，重重地吐了一口气。

"第四名女子吗？"

"没错，她认为自己没有资格活在世上，你竟然一眼就看出来了。"

仁科吞着口水，中原注视着他的脸说："她是……井口沙织小姐。"

仁科眼中丝毫没有慌乱之色："对，你和她见了面吗？"

"昨天见了面，她起初迟迟不愿意说实话，但我对她说，只要她愿意告诉我一切，我绝对不会主动联络警方，她才终于开了口。"

"是吗？她也一定很痛苦。"

"二十一年来，她一直活在痛苦中。她说，从来没有轻松过，也从来没有发自内心地笑过一次。"

仁科低下头，嘴唇抿成了"一"字型。皱着眉头的脸上露出痛苦之色。

中原把杂志拿了过来。

"她对小夜子也没有立刻敞开心胸，但在听小夜子说年幼的女儿遭到杀害，每天都很痛苦后，觉得继续隐瞒下去对自己是一种折磨，于是决定只告诉小夜子。"

仁科皱着眉头，点了点头，说了声："不好意思。"起身把和隔壁房间之间的拉门打开了。

"我希望你也一起听，"仁科对隔壁房间说完后，回头看着中原问，"没关系吧？"

隔壁似乎就是饭厅，花惠就在那里。既然只隔了一道门，她应该全都听到了。

"当然。"中原回答。反正她已经知道了。

花惠一脸歉意地走了进来。仁科坐下后，花惠在他身旁坐了下来。

"你听到我们刚才的谈话了吗？"中原问。

"对。"她轻声回答，脸色铁青。

"我接下来要说的内容，对你来说，也是很痛苦的内容。"

没想到仁科在一旁插嘴说："不，内人已经知道了。"

"是你告诉她的吗？"

"不是，我需要向你解释一下来龙去脉。"

"是吗？得知你太太已经知道这件事，我心里稍微轻松了一点。老实说，我不知道该怎么说，正在为此烦恼不已。"

"你从她……从沙织口中得知时，一定很惊讶吧？"

"对，"中原望着仁科的眼睛，"我一时难以置信。"

"我想也是，"仁科也回望着他，"那我明确地告诉你，或许会有某些误会或记忆错误之处，但沙织对你所说的内容……都是真的。"

　　"所以，你们……"

　　"对，"仁科点了点头，没有移开视线，"我和沙织杀了人。"

　　花惠垂下头，泪水也随之滴落。

19

沙织回过神时，发现自己注视着螃蟹罐头。螃蟹的图案很鲜艳。她轻轻摇了摇头，立刻转身离开了。她根本不喜欢螃蟹。

她突然发现，其实天气并不冷，自己却穿着长袖衣服，而且袖口很宽。这种款式的衣服很适合偷窃。她把一只手伸进货架深处，迅速把一个罐头放进袖子内侧，然后又拿了另一个罐头。准备把罐头放进购物篮时，假装犹豫一下，再度放回货架。即使警卫看见，也不会察觉袖口内还藏了另一个罐头。她用这种方法偷了很多东西，即使在大型药妆店也照偷不误，以前她从来没买过口红。

她走向便当和熟食区。这里人很多，几乎不可能偷窃，所以心情也不会起伏。每个卖场都应该加强警戒才对啊。她的脑海中浮现出和自己行为矛盾的想法。

她打量了食物几分钟，完全没看到任何想买的东西。她不想付钱买东西吃。今天只是看到天色渐暗后，不由自主地出了门，但根本没有任何食欲。

沙织把空购物篮放回后，走出了超市。每次走出超市时，总是有点心神不宁。虽然有时没有偷任何东西，但也很担心警卫会叫住自己。

买完菜的家庭主妇都匆匆赶回家，虽然每个人都有各自的烦恼，但回到家时，等待她们的必定是温暖的气氛，那是和自己无缘的生活。

沙织漫无目的地走在街上，觉得自己好像迷路的狗。

今天中午，接到了中原道正的电话，说他今天晚上要去仁科史也家。她只能回答："是吗？"她无法阻止中原，他之前只是保证绝对不会告诉警方或其他人，但仁科史也并不是"其他人"。

也许他们此刻正在见面。不知道见面之后，目前聊到哪里了。会像滨冈小夜子一样，说服仁科史也去自首吗？

她回想起昨晚的事。沙织花了很长时间说完告白后，中原有好一阵子说不出话。虽然他猜到了一些，但亲耳听到后，似乎仍然受到很大的震撼。

"你的前妻在完全没有任何心理准备的情况下，听我说了这些事。"沙织告诉中原。中原听了之后，深感遗憾地沉默不语。也许他在想，如果不知道这些事，小夜子或许就不会遭到杀害。

没错，当初不应该告诉滨冈小夜子这些事。二十一年前下定了决心，要把这个秘密带进坟墓，自己应该遵守下去。

当初滨冈小夜子通过身心科诊所提出希望进行采访时应该断然拒绝，但因为院长说，希望让更多民众了解偷窃瘾的真相，拜托她接受采访，她才答应了。她在第二次服刑期满后，在律师的介绍下开始到那家诊所就诊。诊所在治疗酒瘾和毒瘾方面很有经验，但沙织认为自己接受治疗的效果并不明显，之所以持续就诊，只是希望外界认为她已经改过向善。

滨冈小夜子整个人散发出一种奇妙的感觉，一双好胜的眼睛深处隐藏着忧愁。被她那双眼睛注视时，会感到心神不宁，担心一切都被她看穿了。

你的成长过程还顺利吗？至今为止，过着怎样的生活？为什么开始偷窃？滨冈小夜子的问题五花八门，沙织小心翼翼地回答她每一个问题。虽然不想说谎，但也不能说出一切。

采访结束后，滨冈小夜子露出无法释然的表情说：

"我搞不懂。目前为止，我采访了多位有偷窃瘾的女性，多多少少可以了解她们的心情，虽然每个人的情况各不相同，但她们都是为自己而偷窃，可能是为了逃避，也可能是为了追求快乐，每个人都很重视自己。但是，你不一样，好像被什么困住了，为什么会这样呢？"

"不知道。"沙织偏着头回答说，"我自己也搞不清楚。"

这时，滨冈小夜子问了她对未来的规划。

"你今年三十六岁，还很年轻，你日后打算结婚，或是生孩子吗？"

"我不想结婚，生孩子……我没资格当母亲。"

"为什么会有这种想法？"

她无法回答这个问题，只能默默低下头。每当看着滨冈小夜子的眼睛，内心就会起伏不已，无法保持平静。

那天只聊到这里，滨冈小夜子就离开了。但隔了几天，又接到她的电话，说希望可以再见一面。早知道当初应该拒绝，只不过当时答应了。也许沙织也想要见她。

　　滨冈小夜子问沙织，可不可以去她家，因为她有东西想给沙织看。沙织没有理由拒绝。

　　"我一直对你的事耿耿于怀。"沙织去了滨冈小夜子家中，和她面对面坐下后，滨冈小夜子这么说，"偷窃瘾并不重要，那只是表面现象，你内心隐藏了更大的秘密，我认为是那件事一直在折磨你。"

　　"果真如此的话又怎么样？"沙织说，"和你有关系吗？"

　　"我果然没有猜错。"

　　"那又怎么样？"

　　"不知道可不可以请你告诉我。"

　　"为什么？因为你觉得这样可以让报道更有趣吗？"

　　滨冈小夜子摇了摇头。

　　"在之前谈偷窃的事时，你说自己没有资格活在这个世上，我问你为什么会有这种想法，你没有告诉我明确的理由，但是听到你最后说自己没有资格当母亲时，我猜想会不会那件事才是本质。因为我和你一样，我也没有资格再当母亲了。"

　　沙织听不懂是怎么一回事，看着她的脸。滨冈小夜子说出了令人震惊的往事。

　　十一年前，她的女儿在八岁时遭到杀害。滨冈小夜子还出示了当时的报纸。

　　滨冈小夜子淡淡地诉说着，但那起案件的残虐性，以及家属在侦办和审判过程中感受到的痛苦，都令沙织感到心痛，她纳闷经历了这些痛苦的人，为什么可以这样心情平静地说这些往事。

　　滨冈小夜子说，她的内心无法平静。

"只是想起那件事，已经无法涌现任何感情，心应该已经死了。每次回想起往事，都很自责为什么当时把女儿独自留在家里，觉得无法保护女儿的自己没有资格再当母亲。"

这句话深深刺进了沙织的心里，刺进了她的内心深处，触碰到埋藏了多年、自己已经无力解决的那些旧伤。因为太痛了，她几乎有点晕眩。

"我可能没有能力做什么，也没有自信可以拯救你，但是如果你在寻找答案，我的经验或许可以对你有所帮助，协助你一起寻找答案，可不可以请你告诉我？"

沙织感到内心深处有一股暖流，原本的涟漪渐渐变成了巨大的浪涛。心跳加速，她感到呼吸困难。

当她回过神时，发现自己泪流满面。她无法克制自己的情绪，双手捂住了自己的脸，放声大哭，身体情不自禁地颤抖不已。

滨冈小夜子走到她的身旁，抚摸着她的背。沙织把脸埋进了她的怀里。

史也上了高中后，两人仍然继续交往。不久之后，因为想要单独相处，所以不再约在外面见面，而是在沙织家约会。因为父亲洋介即使假日也不在家，所以有很多机会。他第一次去沙织家时，两个人接了吻。那是沙织有生以来第一次接吻，也是史也的初吻。

沙织没有把史也的事告诉洋介，因为史也每次都在父亲回家前就离开，他们从来不会撞见。

在不受外人干扰的空间，两个相爱的男女单独相处时，当然难以克制内心的欲望。而且，当时正值好奇心旺盛的时期，史也特别喜欢触碰沙织的身体，她也并不讨厌。

有一次，他们躺着看电影。那是一部爱情片，有不少性爱的画面，也多次出现女性的裸体画面。沙织每次都感到坐立难安，也知道身旁的史也情绪高涨。

电影结束后，关掉了电视。平时他们都会讨论感想，但那一次和往常不同。史也抱住了她，和她接触，然后注视着她的双眼，轻声地问："要不要试试看？"

她立刻知道史也在说什么，她心跳加速，连呼吸都感到困难。

看到她没有回答，史也问："不行吗？"见他露出有点受伤的表情，沙织觉得很对不起他。

"我有点害怕。"沙织说。

史也想了一下说："那我们试试看，如果不行就算了。"

不行是什么意思？沙织忍不住想。是指自己会讨厌，还是无法顺利进行？但是，她并没有问出口，因为她喜欢史也，所以不想让他为难，更害怕史也因为这件事不再喜欢她。

"嗯。"她点了点头，史也吐了一大口气。

他们来到沙织的床上，一丝不挂地相拥。沙织完全不知道该怎么做，心想史也一定会处理。那一天，他带了安全套，在各方面都准备周到。

但他也是初尝禁果，所以缺乏老到的经验。事后回想起来，可能是沙织的身体太紧张了，史也只知道用力进入她的身体，所以她只感到疼痛。

即使如此，史也还是大汗淋漓地在沙织体内达到了高潮。对她来说，是只有痛苦的初体验，但看到他心满意足，也不由得感到高兴。史也问她："感觉怎么样？"她只好回答："我也不太清楚。"

那天之后，他们每次见面就做爱。不，准确地说，他们只在能够做爱的日子见面。因为只有安全日才能做爱。

史也第一次带来的安全套是网球社的学长送他的，因为已经用完了，必须用其他方式避孕。沙织完全理解他没有勇气去药店买安全套的心情，也不知道店员会不会卖给他。

沙织根据生理期计算，把危险期告诉史也。史也每次都避开危险期来她家，然后上床做爱，他们深信这样不会有问题。

暑假后，沙织发现自己的身体发生了变化。她经常想要呕吐，嘴里经常感受到胃酸的味道。她以为自己喝太多冷饮了。

不久之后，她发现了重大的事——月经很久没来了。

应该不会吧？她想。他们一直避开危险期，不可能怀孕。沙织看着日历，回顾他们做爱的日期。

当时沙织并不知道，如果没有每天量基础体温，无法正确预测排卵期这种理所当然的知识。她的生理期向来很准，所以她以为生理期刚结束，就绝对没问题。

万一怀孕的话怎么办——不安几乎快把她压垮了。

这时，她接到了史也的电话。他去参加网球社的合宿，所以一个星期没有听到他的声音。

他乐不可支地说着在合宿发生的事，沙织附和着，却心不在焉。

"嗯？你怎么了？好像没什么精神？"史也果然开始担心。

"不，没事，可能有点中暑了。"

"那对身体不好，你要小心点。对了，接下来有什么安排？你的生理期已经结束了吧？"

也许应该告诉他，生理期还没来，但沙织说不出口，如果告诉他，自己可能怀孕了，他一定也很伤脑筋。

"嗯。结束了。"沙织脱口回答，"所以，明天或后天应该没问题。"

"啊？已经过了危险期了吗？"

"对，没问题了。"

"OK，那怎么样呢？"

听到史也开朗的声音，沙织想，至少在和他见面的时候不要胡思乱想，和他度过快乐的时光。而且，目前还没有确定自己怀孕了。

几天之后，月经还是没有来。在暑假快结束时，她确信自己怀孕了。虽然一天比一天确信，却不知道该怎么办，也不敢告诉史也。

"沙织，你是不是变瘦了？"九月中旬，洋介问她。父亲一如往常地很晚回家，独自吃晚餐时，突然问了这句话。虽然是沙织做的晚餐，但因为孕吐的关系，她完全没有食欲，所以几乎没有吃。

"没有啊。"她一边洗锅，一边回答。

"是吗？感觉你看起来很憔悴，准备考高中这么辛苦吗？不要太累了，把身体累坏了，那就真的是赔了夫人又折兵。"

父亲温柔地对沙织说，她不敢正视父亲的脸。洋介的工作太辛苦，沙织也不由得为他感到担心，但正因为他是为了家人，也就是为了自己这个女儿努力工作，所以沙织感到心痛不已，觉得自己所做的事彻底背叛了父亲。

自己绝对不能让父亲感到悲伤。洋介一旦得知真相，一定会责怪史也，绝对会冲到史也家，找史也的父母理论，到时候会怎么样？恐怕永远都见不到史也了。

该怎么办？她找不到答案，日子一天一天过去。

她继续和史也见面，只是没有再约他在家里见面。沙织说，父亲因为工作关系，随时可能回家。史也并没有怀疑她的话。

"而且，"沙织补充说，"在我进高中之前，暂时不要做爱了，因为我想读书。"

史也没有反对，他说："就这么办。"

真正的原因，是不想让他看到自己的身体。只要穿上衣服，肚子并不会太明显，但身体已经发生了变化，一旦脱下衣服，他一定会目瞪口呆。

然而，她还是无法瞒过史也的眼睛。史也发现，她不仅外表有了变化，连态度也有了很大的改变。有一次，他突然大发雷霆地问：

"你到底隐瞒了什么？沙织，你最近一直很奇怪，如果你想要说什么，就直接说出来吧。什么意思嘛，我们的关系就只是这样吗？"

"才不是呢，不是你想的那样。"

"那到底是怎样？你说清楚啊。"

"因为……因为……"

沙织再也忍不住，终于哭了起来。她放声大哭，泪流不止。

史也慌忙想要把她带到没有人的地方，但一下子想不到适当的地方，于是，沙织提出要他送自己回家。

"可以吗？"史也讶异地探头看着她的脸。

"嗯。"沙织点点头，她决定说出一切。

一走进家门，再度面对史也时，心情竟然很平静，也不再流泪了。

她看着史也的眼睛告诉他，自己怀孕了。她看到史也顿时脸色发白。

"没有搞错吗？"他的声音都变了调。

沙织拉起衣服，把裙子稍微向下挪，露出了腹部。"你看，已经这么大了。"

他没有说话，也许是说不出话了。他的脸上露出了胆怯的神色，沙织从来没有在他脸上看到过这样的表情。

她把衣服拉好后，史也终于开了口："有没有去医院？"

"没有。"

"为什么？"

"因为万一被爸爸知道就惨了，你不也一样吗？"

他没有回答这个问题。因为她说的完全正确。

"我在想，不知道能不能流产，所以就去了图书馆，查了所有怀孕时期必须注意的事项，尝试了所有相反的事，像是激烈运动，让身体着凉，但全都行不通。"

"那……怎么办？"

"怎么办呢……"

一阵凝重的沉默。沙织看着史也。他一脸愁容地低着头，不知道什么时候坐直了身体。沙织向来觉得年龄比自己大的史也很可靠，但不知道为什么，此刻觉得他像弟弟一样。她对自己让史也这么痛苦感到抱歉，觉得自己必须拯救他远离这个苦难。如果这是所谓的母性，实在是很讽刺。

"我在想，只能等到最后了。"

听到沙织这么说，史也抬起头问："等到最后是什么意思？"

"只能等到孩子生出来了。"她指着自己的下腹部，"既然无法让他中途出来，就只能这么办了。"

"之后……要怎么做？"

沙织用力深呼吸了一次："我会想办法，不会给你添麻烦。我一定会好好处理，不会让任何人知道。"

"你的意思是——"

"不要说出来，"沙织双手捂住耳朵，"我不想听。"

她只是隐约想到要这么做，但努力不让自己具体去想这件事。因为她觉得一旦开始思考，就无法再回头了。

然而，看到史也痛苦的样子，她下定了决心。这是唯一的解决方法。

对于沙织提出的方案，他既没有说赞成，也没有表示反对，然后就回家了。

沙织看了妇产科的相关书籍，计算了预产期。如果婴儿发育顺利，应该在二月中旬分娩。无论如何，都要避免被人察觉。学校方面比较没问题，因为制服很宽松，可以假装里面穿了好几件衣服。或许有人觉得她稍微发胖了，那就让他们这么以为好了。应该没有人会注意自己。升上三年级后，她的课余时间几乎都和史也在一起，并没有特别要好的朋友。个性阴郁、很不起眼的女生——可能大部分人都这么觉得。不，现在同学们应该都在专心应付考高中的事。

　　沙织也必须考虑考高中的事。公立高中的入学考试都在三月初，最近无法专心读书，所以成绩退步了，但绝对不允许失败。

　　沙织摸着自己的下腹部。考试当天，肚子会消吗？

　　新年过后，之前不太明显的外表变化渐渐有点藏不住了。要隐瞒洋介并不是太大的问题，只要穿宽松的衣服就好。而且他工作还是很忙，只有早晨和晚上才会遇到，而且，父亲从来不会仔细打量她的下半身。

　　最大的问题还是学校。她在上学途中穿大衣盖住肚子，在教室上课时，把大衣盖在腿上掩饰。每次上体育课，就说身体不舒服请假，幸好有时候遇到私立高中的入学考试时学校放假，从一月下旬开始，很少去学校上课。

　　事后回想起来，班上可能有人发现，尤其女生的眼睛和直觉都很敏锐，之所以没有人问她这件事，一方面是不想扯上关系，另一方面，可能也很好奇，不知道她到底有什么打算。如果自己站在相反的立场，应该也不会开口问当事人。

　　痛苦的日子持续着，每当她承受不了时，史也就默默支持着她。他再度去沙织家，但没有和她做爱。

　　他辅导沙织的课业，他很有耐心，教的方式很容易懂。

　　只要沙织没有主动提及，他就不会提分娩的事。他似乎也用自己的方式下定了决心。

　　二月初，沙织告诉史也，时间应该差不多了。史也立刻露出紧张的表情，双眼发红："大概是几号？"

　　"我不知道，但我看书上写，时间快到了。"

"你有什么打算？"

沙织迟疑了一下说："可能会在浴室，因为会流很多血。"

"要怎么做呢？"

"我也不知道。"沙织皱着眉头，"我没有经验，但必须等爸爸出门才行，这是最伤脑筋的事。"

书上说，分娩前会出现阵痛。听说那是极其强烈的疼痛，但她已经下定决心，洋介在家时，无论如何都要忍耐。唯一的问题，就是万一在晚上分娩怎么办。即使洋介已经上床睡觉，也不可能在浴室生。到时候只能偷偷溜出家门，另外找地方。也许可以在神社后面的空地上，铺一块野餐垫——她认真地思考具体的方法。

"听我说，到时候我会帮忙，"史也一脸下定决心的表情，"到时候你打呼叫器通知我，我无论如何都会马上赶过来。"

"不用了。"

"因为我会担心，不知道会发生什么情况，而且想到你一个人在痛苦，我根本无法安心。"

史也的这番话让她发自内心地感到高兴。她的确很担心，不知道自己一个人是否能够应付，如果有他陪在身旁，不知有多安心。

"好吧，"沙织说，"到时候我会联络你。谢谢你。"

史也露出难过的眼神，紧紧抱住了她。

一个星期后，日子终于到了。入夜后开始阵痛，她对洋介说，自己感冒了，先上床睡觉，然后就钻进了被子。父亲并没有怀疑。

阵痛间隔越来越短，每次阵痛出现，她就痛得打滚，根本无法走路。虽然她想找史也，但他对目前的状况也无能为力，万一吵醒洋介，情况会更糟。

　　她既担心不知道生下之后该怎么办，又希望赶快生下来，摆脱眼前的痛苦，即使被父亲发现也无妨。两种心情在内心交战。

　　天亮了。沙织一整晚都无法合眼，持续不断袭来的阵痛让她浑身无力。这时，传来了敲门声。她费力地挤出声音应了一声："进来。"

　　门打开了，洋介探头进来问："身体怎么样？"问完之后，立刻皱起眉头，"嗯？你流了很多汗。"

　　"没事，"沙织笑了笑，"因为生理痛很严重。"

　　"哦，是吗？那应该很痛吧？"提到妇科问题，洋介立刻畏缩起来。

　　"对不起，没办法帮你做早餐。"

　　"没关系，我会在路上买面包。"洋介关上了门。

　　确认洋介的脚步远去后，她再度痛得打滚，努力忍着不叫出声。

　　不一会儿，听到洋介出门的声音。沙织爬下床，在地上爬行，不时像蛇一样扭着身体前进，终于来到电话旁。她打了史也的呼叫器，输入了约定的号码。14106——代表"我爱你"的意思。

　　挂上电话后，她蹲了下来。她已经无法动弹。阵痛似乎已经达到了巅峰。

　　不知道过了多久，听到咔嗒咔嗒转动门把的声音。洋介出门时锁了门。她再度像蛇一样爬行，用尽力气爬到了玄关。她伸出手去，却觉得门锁很遥远。

　　终于打开了门锁，史也立刻走进来问她："你还好吗？"她好不容易才挤出力气对他说："去浴室。"

　　史也把沙织抱进浴室，但不知道接下来该怎么办。

　　"帮我把衣服脱下来，"沙织说，"全部……都脱掉。"

　　"不会冷吗？"

　　她摇了摇头。虽然正值二月，但她无暇顾及寒冷。

　　她脱光了衣服，坐在浴室的地上，忍受着频繁袭来的阵痛。史也一直握着沙织的手。因为担心邻居听到叫声，所以沙织把一旁的毛巾咬在嘴里。

　　史也不时探头向她两腿之间张望，不知道第几次张望时，他叫了起来："啊！开得很大了，好像有什么东西要出来了！"

　　沙织也有这种感觉。疼痛已经超越了巅峰，她的脑子一片空白。

　　不知道过了多久，一股好像把五脏六腑完全掏空般的疼痛阵阵袭来。她咬着毛巾大叫着，史也拼命按着不停挣扎的她。

　　然后，疼痛突然消失了，有什么东西从大腿之间离开了身体。

　　她感到一阵耳鸣，视野模糊，意识不清，但微弱的哭声让她恢复了清醒。

　　沙织的上半身躺在走廊上，只有下半身还在浴室内。她抬起头，看到身穿内衣裤的史也双手抱着什么，粉红色的小东西。哭声就是从他手上传来的。

　　"给我看看。"沙织说。

　　史也露出痛苦的眼神："不看比较好吧？"

　　"嗯……但是我想看一看。"

　　史也犹豫了一下，让沙织看他抱着的东西。

　　史也手上抱着奇妙的生物：满脸皱纹，眼睛浮肿，头很大，手脚却很细，不停地手舞足蹈。

是儿子。

"够了……"沙织将视线从婴儿身上移开。

"接下来怎么办？"

沙织看着史也："该怎么办？"

他眨了几次眼睛，舔了舔嘴唇。

"闷死他应该是最快的方法。只要捂住鼻子和嘴巴……"

"嗯，那我们……一起动手。"

史也惊讶地看着沙织，她也回望着他。

史也点了点头，默默地将手放在婴儿的鼻子和嘴上。沙织也把自己的手放了上去。沙织泪流满面，她看向史也，发现他也在哭。

婴儿很快就不再动弹了，但他们还是把手放在上面很久。

他们打扫了浴室，沙织顺便洗了身体。疲劳和倦怠已经达到了极限，但现在还无法上床睡觉。

她换好衣服，来到客厅，史也已经准备就绪，旁边放了一个黑色塑料袋。他说是从家里带来的。

那个塑料袋鼓鼓的，不用问也知道里面装了什么。

"还有这个。"史也拿出一个园艺用的小铲子。

"这么小的铲子没问题吗？"

"虽然家里有铲雪的铲子，但不可能带出门。"

"哦，那倒是。"

旁边放着史也沾了鲜血的内衣裤。他说预料到会发生这种情况，所以带了替换的衣服。无论什么时候，他的准备工作都十分周到。

他们休息片刻后走出了家门。史也说他一个人去，但沙织坚持要一起去。因为她不想推给他一个人处理。沙织毕竟还年轻，即使刚生完孩子，仍然可以走动。

他们已经决定了目的地。在富士宫车站搭上公交车后，在河口湖车站下车，之后又搭了公交车。史也沿途都紧紧抱着背包，那个黑色塑料袋就放在里面。

这是她第一次去青木原，也不太了解那是怎样的地方，听史也说，是最适合掩埋尸体的地方。

"那里是自杀的热门地点，听说只要在里面迷路，就很难走出来。只要埋在那里，应该永远都找不到。"他愁眉不展地说。

到达目的地，发现那里果然是很特别的地方。那是一片树海，无论看向哪一个方向，都是一片郁郁苍苍、枝叶茂盛的树木。

他们沿着散步道走了一阵子，确认四下无人。

"要不要就在这里？"史也问。

"嗯。"沙织回答。

他从口袋里拿出钓鱼线，把其中一端绑在附近的树木上，然后对沙织说："走吧。"然后他们走向树林深处。

他还带了指南针，看着指针慢慢前进。地面还有少许积雪，有些地方地形不佳，无法笔直前进。

在钓鱼线用完时，史也停下了脚步。沙织看向周围，却完全不知道方位。

史也用小铲子开始挖土，他说不需要沙织帮忙。

泥土很坚硬，史也要费很大的力气才能把小铲子插进泥土，但他只是皱着眉头，默默地挖土，终于挖出一个深达数十厘米的洞。

他把用毛巾包起的婴儿从黑色塑料袋中拿了出来，放在洞的底部。沙织隔着毛巾摸着婴儿。婴儿的身体很软，似乎还可以感受到体温。

史也合掌哀悼后，把泥土推了回去，沙织也一起帮忙，完全不怕弄脏了手。

埋好之后，他们再度合掌哀悼。

史也带了照相机，在不远处对着那个位置拍了好几张相片。他说，以后恐怕再也不会来这里了。

"相片洗出来后，也给我一张。"沙织说。

"嗯。"史也回答。

他们顺着钓鱼线，回到了刚才的散步道。史也一只手拿着指南针，另一只手指向树林深处说：

"那里位于正南方六十米。"

沙织看向那个方向，又环视了周围。她绝对不会忘记这里。

这时，她发现乳房胀得发痛。她摸着自己的胸部想，自己和史也应该不会得到幸福。

第五章　　　也算是件纪念品

在散步道上走了一会儿，当时的记忆苏醒，一切就像是昨天才发生的。

所有的记忆好像都保存在大脑特别的地方，似乎就是为了这一天的到来。

20

　　"我想给你看一样东西。"说完这句话走出客厅的仁科回来了，双手捧着一个三十厘米的长方形盒子。他在椅子上坐下后，把盒子放在桌上，小心翼翼地打开盖子，把盒子推到中原面前。"请你看一下。"

　　中原探出身体，看向盒子内，然后倒吸了一口气。里面放了一把小铲子。

　　"这是……"

　　"没错，"仁科点了一下头，"就是当时使用的铲子。"

　　"你一直保留至今吗？"

　　"对。"

　　"为什么还留着……"

　　仁科轻轻笑了笑，偏着头说：

　　"我也不知道为什么。那天晚上回家后，就放进书桌的抽屉。这原本是我妈在庭院内使用的铲子，照理说应该放回去，但我就是不想放回去。也许是因为这把铲子变得很不吉利，所以不希望我妈去碰。"

中原再度看着盒子内。那是金属的铲子，只有握把的部分涂了油漆，握把以下都已经生锈了。他想象着十几岁的少年在树海内握紧这把铲子在地面挖洞的样子，身旁有一个少女，一个刚生完孩子的少女。

仁科盖上了盒盖，吐了一口气。

"当年做了蠢事，并不是用一句无知就能得到原谅，有很多方法可以解决问题，避免做出这种蠢事，当然，和还在读中学的女生发生性行为也有很大的问题，但在得知怀孕时，应该告诉双方的家长。只不过当时担心被骂，担心对方会和自己分手，为一些微不足道的小事感到害怕。不，我还担心一旦这件事曝光，会影响自己的将来，被这种姑息的想法困住了。"

真的太蠢了。他又重复了这句话。

"我在富士宫见到了井口小姐当时的女同学，"中原说，"听那位女同学说，当时大家都窃窃私耳语，说井口小姐是否怀孕了。"

仁科惊讶地睁大眼睛，叹着气说："果然被发现了，我还以为完全瞒过了周围的人。既然这样，这件事为什么没有曝光？"

"只有一部分人注意到了，而且很担心万一事情曝光，会影响学校的风评。当时刚好是入学考试之前不久。"

"哦……原来是这样。"

"那个女同学说，好像班导师也察觉了。"

"啊？是这样吗？"

"虽然发现了，但可能故意假装没有察觉。很可能觉得反正学生快毕业了，避免引起麻烦。况且当时的班导师又是男老师。"

242

"哦。"

"一旦被发现，你们的计划就无法完成，所以，周围人的漠不关心等于在背后推了你们一把。"

不知道仁科是否也有同感，他缓缓眨了眨眼睛。

"听井口沙织小姐说，在那件事之后，你们继续交往了不到半年就分手了。"

仁科露出痛苦的表情点了点头。

"因为我们无法再带着和以前相同的心情约会，当然也没有再发生性行为，我甚至不太敢触碰她的身体，两个人说话也越来越不投机。"

"我听说了，井口小姐也这么告诉我。她说你们的感情已经埋进了土里，这也是当然的结果。"

这句话似乎刺进了仁科的心里，他闭上了眼睛。

"分手之后呢？"中原问，"看你的经历，你的成就很突出，也建立了稳定的家庭，二十一年前的事件没有对你造成任何障碍吗？"

仁科皱着眉头，微微偏着头，看向斜下方。

"我从来没有忘记那件事，时刻在脑袋中，整天在思考，如何才能弥补。之所以会进入小儿科，就是希望能够多拯救一个即将消失的小生命。"

中原点了点头："原来如此，也许男人和女人不一样，毕竟实际生孩子的是女人。"

"沙织她，"仁科语带迟疑地开了口，"很痛苦吗？"

"是啊，我刚才也说了，她这二十一年来一直深陷痛苦，好几次自杀未遂。而且正如杂志的报道中所提到的，她的运气也不够好，婚姻生活很快就无法维持下去，唯一的亲人——她的父亲，也意外身亡。她开始觉得这一切都和二十一年前的那件事有关，一切都是她的报应。"

"然后，滨冈小夜子女士去找了她吗？"

中原注视着他，点了点头。

"小夜子听了井口小姐的告白后，劝她去自首，因为即使是刚出生的孩子，你们的行为仍然是夺走了一条人命，如果不面对自己的罪行，心灵就无法获得解放。井口小姐也同意小夜子的看法，但如果她公开一切，就会追究你身为共犯的罪责，所以她说，无法在未征求你同意的情况下自首。至于小夜子采取了什么行动，我相信你应该知道。"

仁科握着双手，放在茶几上，突然露出温和的表情。

"你的推理完全正确，滨冈女士的确来到儿童医疗咨询室，基本上，那个活动需要预约，但也有当天来参加的。正如你日前所说的，那天的活动由我负责，有数十名家长来咨询，最后进来的……就是滨冈女士。"

"她混在其他咨询者中去找你吗？"

"对。我问她，你的孩子有什么问题吗？滨冈女士说，她想咨询的不是自己的孩子，而是朋友的孩子。我问她，为什么当事人没有来？滨冈女士说，当事人因为有各种原因无法前来，然后递给我一张便条，上面写了一个名字。你应该知道写了谁的名字吧？没错，上面写着井口沙织的名字。滨冈女士说，她想咨询关于这个女人所生的孩子。"

中原注视着仁科黝黑的脸庞说："你一定很惊讶吧？"

"我一下子无法呼吸，"仁科无力地微微苦笑着，"我的脑中一片空白，不知道该怎么回应，好不容易挤出一句话。我问她，你是哪一位？"

"小夜子怎么回答？"

"她拿出了名片，说井口沙织找她商量这件事。"

"你怎么说？"

"我脑袋一片混乱，拿着名片，整个人僵在那里，一动也不动。滨冈女士站起来说，希望我心情平静后再联络她，然后就走了出去。过了很久，我才从椅子上站了起来。"

"然后你跟她联络了吗？"

"对，"仁科回答，"见到滨冈女士的那天，我烦恼了一整晚，但既然她已经知道了真相，我就必须和她见面。翌日，我打电话给她，她说想和我好好谈一谈，于是，我约她来家里。因为我认为视情况的发展，可能让花惠也一起参与。"

"当时，你们约了见面的时间吧？"

"对，约在两天后晚上七点。"

"结果你们见面了吗？"

仁科连续眨了几次眼睛，开始吞吞吐吐，似乎在谨慎地思考该如何表达。

"怎么了？你不是在两天后，在这个家里见到了小夜子吗？"

仁科微微摇着头说："不，我没见到她。"

"啊？"中原忍不住惊叫起来，"这是怎么回事？小夜子没来吗？"

"不，滨冈女士来了，但我临时有事。我负责的病人突然出了状况，我暂时无法离开医院。"仁科说到这里，转头看向始终不发一语的花惠，"接下来由你说明比较好吧？"

花惠的身体微微抖了一下，看着丈夫，然后无助地看了中原一眼，又立刻看着自己的脚下。

"但是……"

"我也是听你说了之后，才知道我不在家的时候发生了什么事，所以，最好由你告诉中原先生。"

花惠似乎有点怯场，沉默不语。

"这是怎么回事？"中原问。

"我前一天就告诉内人，晚上七点会有一位姓滨冈的女士来家里，"仁科开始说明，"对于她来访的目的，我在当天早上出门时对内人说，是关于我年轻时犯下的错误。因为内容非同小可，所以我希望内人有心理准备。但正如我刚才说的，因为工作的关系，我无法在约定时间回家，而且滨冈女士的名片又刚好不在手上，我就打电话回家，请内人向滨冈女士说明情况。"

仁科看着妻子命令道："接下来由你来说，你不说话也解决不了问题，我已经说到这里了，你也要有心理准备。"

中原注视着花惠苍白的脸，她微微抬起头，但没有看中原。

"我无法像我先生一样流畅而简洁地说明，"她的声音很小，结结巴巴地说："所以，我相信你很多地方会听不懂，但你愿不愿意听我说？"

"如果有听不懂的地方，我会随时请教。"

"好，那就麻烦你了。"

花惠轻咳了一下，小声地说了起来。

她的确称不上能言善道，说话也经常语无伦次，但中原每次都向她发问确认，渐渐了解了当天晚上发生的事。

21

那天，花惠一大早就心神不宁。因为她完全无法想象滨冈小夜子是什么人，到底来家里干什么。

是关于我年轻时犯下的错误——史也只说了这一句话。花惠当然问了他详细情况是什么，他说时间来不及，然后就出门上班了。

花惠想象了各种情况，史也不可能犯什么大错，一定是他故意说得很夸张。她只能用这种方式说服自己，只是很在意史也事先交代要把小翔送去托育中心这件事。果然是这么重要的事吗？

花惠既希望时间过得快一点，又希望晚上永远不会到来。她带着这种复杂的心情度过了白天的时间。她在下午五点把小翔送去托育中心，那是主要针对单亲妈妈开放的托育中心，虽然一开始她有点排斥，但后来发现那家托育中心很可靠，所以时常利用。

快六点半时，她接到了史也的电话。因为病患的病情突然发生变化，他无法在原定的时间回家。

"没办法回来吗？"

"现在还不知道。如果接下来情况好转，我就能回家了，只是不知道什么时候可以做出判断。"

"那该怎么办？"

"我猜想对方已经出门了，等她到的时候，你向她说明情况，可以请她改日再来。如果她说要等我，就把她带去客厅。我这里一旦有进一步的情况，会再和你联络。"

"好吧。"花惠回答说。

七点刚过，门铃响了。打开门一看，一名女性站在门口。她自我介绍说，她姓滨冈。

她一头短发，站得很直，紧抿的嘴唇显示出她的强烈意志，浑身散发出不允许任何妥协的气势。

花惠转告了丈夫的话。

"我了解了，他的工作果然很辛苦，但我也是带着相当的决心上门造访。如果可以让我在这里等他，我想再等一下，看他能不能马上回来。"滨冈小夜子的语气很坚定，她的表情让人有点害怕。

花惠把她带到客厅，虽然滨冈小夜子说不必招呼她，但花惠还是为她泡了日本茶。

不一会儿，发生了意料之外的事。花惠听到玄关的门打开后又关上的声音，以为史也回来了。她走到玄关一看，竟然是父亲作造在门口脱鞋子。

"你来干什么？"她问道，语气中当然带着怒气。

作造皱起眉头，脸上的无数皱纹也跟着扭曲起来。

"你怎么这样说话？史也说，我随时都可以来。"

"我不喜欢你来啊，今晚我很忙，你回去吧。"

"别这么说嘛，我有事要拜托你，不会耽误你太多时间。"他脱下破旧的鞋子，擅自进了屋。

"等一下，家里有客人。"花惠压低嗓门说，抓住了父亲的手，"拜托你，今晚就先回去吧。"

作造抠着耳朵说：

"我也没有时间。那我等一下，等客人离开后再说，这样总没问题了吧？"

八成又是要借钱。一定是他在经常去的酒店赊了太多账，别人不让他进门。反正这种事也不是第一次了。

"那你去里面的房间等，不要干扰我们。"

"好，我知道了，最好给我来罐啤酒。"

这个死老头子。花惠在心里咒骂着。

作造坐在餐桌前，花惠粗暴地把一罐啤酒放在他的面前，连杯子都不给他。

"客人是谁？这么晚上门。"作造打开啤酒罐的拉环，小声地问。

"和你没有关系。"花惠冷冷地说。父女两人单独相处时，她从来不会叫作造"爸爸"。

七点半左右，史也打电话回来。花惠告诉他，滨冈小夜子在家里等他，他似乎有点慌乱。

"我知道了，由我来向她解释。你把电话交给她。"

花惠把电话交给了滨冈小夜子。

滨冈小夜子说了两三句后，把电话交还给了花惠。

"你先生说，他不知道几点到家，请我改天再来。虽然很遗憾，但也没办法，我今天就先回去了。"滨冈小夜子准备离开。

意想不到的发展令花惠不知所措。她今天为不知道会听到什么事担心了一整天，如果滨冈小夜子就这样回去，接下来的几天，她都必须带着这份不安过日子。

花惠叫住了滨冈小夜子，告诉她丈夫只对自己说了一句让人猜疑的话，自己一直很在意，可不可以请她把事情告诉自己。

但是，对方没有点头。滨冈小夜子对她说，今天先不要听比较好。

"即使你听了，也只会感到沮丧。至少等到你先生也在的时候再说，我这么说是为你好。"

听到她这么说，花惠反而更加在意了。花惠一再坚持，无论听到什么都不会惊讶，也不会慌乱，所以一定要现在知道。滨冈小夜子似乎也不再那么坚持。

"好吧，反正你早晚会知道，那我就先告诉你，你们夫妻也可以讨论一下今后要怎么做。我有言在先，真的是很令人难过的事，虽然你刚才说你不会惊讶，也不会慌乱，但我想应该不太可能。"

"没关系。"花惠回答。因为她无法在不知道任何事情的情况下，让滨冈小夜子就这样离开。

"好，那我就说了。"滨冈小夜子注视着花惠的双眼开了口，"我先说结论，你先生是杀人凶手。"

听到这句话，花惠几乎昏倒，她的身体摇晃了一下。

"你没事吧？"滨冈小夜子问，"我看今天还是不要说好了。"

"不，没关系，请你继续说下去。"她调整呼吸，费力地说。事到如今，更要清楚地知道到底发生了什么事。

于是，花惠从滨冈小夜子口中得知了仁科史也和井口沙织在二十一年前犯下的罪。这些内容完全超乎花惠的心理准备和想象，因为太受打击，听完之后，感到一片茫然。

"你是不是后悔听到这件事？"滨冈小夜子说完后问道。

花惠的确不想听到这种事，但不可能一辈子都不知道，而且，听了之后，她有一种恍然大悟的感觉。

她始终不明白，当初史也为什么要救自己。

在青木原第一次见到史也时，史也说他算是去那里扫墓。那是二月，和他们当年把婴儿埋在树林里的季节一致，他应该是去悼念当初他们杀死的孩子。在准备离开时，刚好看到一个举止奇怪的女人，看起来似乎想要自杀。而且，那个女人怀孕了，让他无法袖手旁观。

花惠终于发现，原来史也看到自己时，就仿佛看到了前女友和她的孩子，他一定为过去犯下的错悔恨不已，一直在烦恼如何才能弥补当年的过错，所以才无法弃自己于不顾。他也许希望拯救花惠，把即将出生的孩子当成自己的孩子养育长大，希望可以以此赎罪。

多年的疑问终于有了答案，花惠对史也更加心怀感激。得知他的爱既不是同情，也不是心血来潮，而是源自于他崇高的灵魂，花惠更加感激不已。正因为如此，她很想知道滨冈小夜子今后有什么打算，今天来找史也又有什么目的。

花惠问了这些问题，滨冈小夜子回答："这要取决于你先生的态度。我劝井口沙织小姐自首，她也打算去自首，但她希望先征得仁科先生的同意。"

同意——这代表史也要一起去自首。当她意识到这一点，浑身忍不住发抖。

"如果……外子不同意呢？"花惠战战兢兢地问。

滨冈小夜子立刻露出严厉的表情。

"你认为你先生不会同意吗？"

她的声音听起来很冷漠。

"我不知道……"花惠回答说，但内心认为史也应该会同意，只是她不希望史也同意。

"如果无法征得他的同意，那就没办法了。我会说服井口沙织小姐，带她去警局。一旦事件曝光，案件立案后，井口小姐会被视为自首，但我无法保证你先生也可以被视为自首。"

花惠听了，顿时感到绝望。这代表已经走投无路了吗？史也会被视为杀人凶手，遭到惩罚吗？

无论如何都要阻止这种情况发生，为此，只能劝眼前这个女人改变主意。

当花惠回过神时，发现自己跪在地上，她对着滨冈小夜子磕头，苦苦哀求：

"求求你，请你饶了他吧。他可能在年轻时犯下了错，但现在是好人，他带给我们幸福。希望你……希望你当作不知道这件事。求求你了，求求你了。"

但是，她无法说服滨冈小夜子改变主意。滨冈小夜子淡淡地说："请你不要这样。我不可能当作不知道这件事。即使是刚出生的婴儿，也是一个人。夺走了一个人的生命，怎么可以不付出任何代价？我绝对不允许有这种情况发生。正因为井口沙织小姐了解这一点，所以才深陷痛苦。你先生也需要面对自己犯下的罪行。"

"他已经面对了。我相信外子知道自己罪孽深重，我比任何人都了解，他是多么真诚地面对自己的人生。"

"真诚面对人生是作为一个人最起码的标准，根本不值得夸耀。"滨冈小夜子站了起来，"我认为不管有什么理由，杀人就应该偿命，应该被判死刑。生命就是这么宝贵，无论凶手事后如何反省，多么后悔，死去的生命都无法复活。"

"但是已经过了二十多年……"

"那又怎么样？这段岁月有什么意义吗？你不是也有孩子吗？如果你的孩子被人杀害，凶手反省了二十年，你就会原谅对方吗？"

面对滨冈小夜子毅然的反驳，花惠无言以对。滨冈小夜子说得完全正确。

"我认为你先生应该被判处死刑，但法院应该不会判他死刑。因为现在的法律只照顾罪犯的权益。要求杀人凶手自我惩戒，根本是虚无的十字架。然而，即使是这种虚无的十字架，也必须让凶手在监狱中背负着。如果对你先生犯下的罪睁一只眼闭一只眼，那么所有的杀人案就都可以钻空子，绝对不能允许这种情况发生。"

最后，滨冈小夜子说："我改天再来，我的心意不会改变，请你好好和你先生谈一谈。"然后就离开了。

花惠跪在地上，听到玄关的门关上的声音。

22

　　中原从仁科花惠说的话中听不出有任何谎言，也认为小夜子的确会做出这样的反应。从她那篇《以废除死刑为名的暴力》的稿子中，就可以了解她认为不管有什么理由，杀人就应该偿命，应该被判死刑的信念。从量刑的角度来看，井口沙织和仁科史也的行为不可能被判处死刑，但她无法原谅这件事随着时间的过去而被埋葬。

　　"不久之后，外子回来了。他看到我的神情，猜想我可能已经从滨冈女士的口中得知了真相。"花惠看着身旁的丈夫。

　　"她脸色发白，而且眼睛都哭肿了。我问她，是不是得知了二十一年前的事。她回答说，对。好吧，接下来由我说吧。"仁科对着妻子轻轻举起手，看向中原。"花惠叹着气告诉我，虽然她拜托滨冈女士放过我，但滨冈女士并不同意。我认为这也是无可奈何的事，因为我早晚都要接受审判，所以对她说．要她做好心理准备。之后，我打电话给滨冈女士，但电话一直打不通。这时，花惠突然说了一件莫名其妙的事。她说她父亲不见了。我听不懂她在说什么，她告诉我，滨冈女士上门后不久，她父亲也来了家里，她请父亲等在饭厅，但不知道什么时候不见了。"

"听了滨冈女士的话之后，我一直处于惊慌失措的状态，把父亲的事忘得一干二净。"花惠在一旁补充道。

"原本以为客人说得太久，他等不及了，所以就回家了。当时并没有想得太严重，因为我正面对更严重的问题。"

"没想到事情并不是这么简单。"

听到中原这么说，仁科点了点头。

"隔天晚上七点左右，岳父来到家里。他一脸凝重的表情，说有重要的话要和我谈。我仍然联络不到滨冈女士，所以感到惴惴不安，但还是决定先听他说。听了之后，真是大惊失色。不，并不是惊讶而已，我以为自己的心跳停止了。"

"他告诉你，他杀了滨冈小夜子吗？"

"对。他说，我不必再担心了，只要我不说出去就好。"

"不必再担心，只要不说出去就好吗？所以……"

"对，"仁科垂下双眼，"岳父说，在隔壁房间听到了滨冈女士和花惠的对话，心想大事不妙了，他必须阻止这件事。于是走到厨房，悄悄溜了出去，等滨冈女士离开。"

"所以，之后他跟踪了小夜子，在她家附近动手行凶吗？"

"好像是。"仁科的声音很沮丧。

"你知道町村在杀了小夜子之后，到翌日的晚上为止，到底做了什么吗？"

"我知道。不，但是……"仁科抬起头，"如果你和沙织见过面，应该已经知道了吧？"

"对，她告诉了我，"中原回答，"町村去了井口小姐家里。"

"听岳父说，滨冈女士的皮包里有采访笔记，上面写了沙织的住址和联络电话。"

"井口小姐说，她做好了被杀的心理准备。"

仁科把手放在额头上："唯一庆幸的是，还好没有发生这种事。"

"町村要井口小姐保证，今后无论发生任何事，都不可以说出杀死婴儿的事。"

"岳父也这么对我说，所以叫我不用担心。我觉得他简直在开玩笑，竟然做了这种蠢事。我叫他立刻去自首。我对他说，我会陪他去警局，也会自首二十一年前的事，但岳父说，这样不行。这么一来，他杀人就失去了意义。他哭着拜托我，叫我别再提这件事，希望我能让他的女儿和外孙幸福。"仁科看着身旁的花惠，"然后，花惠也和岳父一起拜托我，希望我答应她父亲的要求。我对他们说，这件事瞒不过去的，没有人能够保证沙织会遵守和岳父之间的约定。于是他们说，至少在此之前不要主动提这件事。看到他们这样，我也动摇了。然后……"他咬着嘴唇，没有说下去。

"所以就继续隐瞒一切。"

"我知道自己错了，用谎言来掩盖谎言，对任何人都没有好处。虽然我知道这个道理，但我觉得背负着谎言活下去，或许是另一种承担责任的方式……对不起，我太一厢情愿了。"仁科垂下了头。

花惠注视着身旁的丈夫，摇了摇头："不，没这回事，这并不是一厢情愿，我很了解你是多么痛苦。"

然后，她看着中原，锐利的眼神让中原忍不住倒吸一口气。

"我认为是你的前妻……滨冈小夜子女士错了。"她明确有力地说，和刚才判若两人，"在这件事发生后，我得知很久之前，你们的女儿被人杀害了。我很同情你们的遭遇，也许是因为这个原因，让滨冈女士有那种严酷的想法，但我认为她错了。"

"花惠，"仁科试图制止，"你在说什么啊？"

"你先不要说话，让我先说几句。"

中原不由得警惕起来："她有什么错？"

花惠舔了舔嘴唇，用力深呼吸后开了口。

"外子……我先生一直在弥补。"她好像在向众人宣告似的高声说道，泪水突然从她眼中流了出来，但她没有擦拭眼泪，继续说了下去。"我先生用迄今为止的所有人生，弥补在二十一年前犯下的罪。从滨冈女士口中得知这件事时，我第一次了解到这件事。同时，多年来一直感到纳闷的事——为什么这么优秀的人愿意拯救我这种落魄的女人，这个疑问终于有了答案。我先生并不是我儿子的亲生父亲，当年我愚蠢无知，被人欺骗后怀了孕，但我先生视如己出地养育他，还愿意照顾我父亲。这一切都是我先生在赎罪。我父亲在隔壁房间听到滨冈女士的话之后，应该也了解到这件事，所以他想报恩，才会做出那种事。如果当时——"

花惠泣不成声，但咽了一口口水后，又继续说了下去。

"如果当时没有遇见我先生，我现在早就不在人世了，我儿子也不会来到这个世界。我先生或许在二十一年前夺走了一条生命，但他拯救了两条生命。而且，他作为医生也在拯救无数生命。你知道我先生拯救了多少罹患罕见疾病的儿童吗？他不辞辛劳地拯救一个又一个小生命，即使这样，仍然说他没有付出任何代价，没有做任何弥补吗？有多少被关进监狱的人根本没有反省，这种人背负的十字架或许很虚无，但我先生背负的十字架绝对不一样。那是很沉重、很沉重，如山一般的十字架。中原先生，你的孩子曾经被人杀害，请身为遗族的你回答我，被关进监狱，和我先生这样的生活方式，哪一种才是真正的弥补？"她越说越激动，最后发出像是尖叫般的声音。

"好了，"仁科在一旁制止，"不要再说了。"

但花惠仍然用锐利的眼神看着中原说："请你回答我。"

"我叫你别再说了。"仁科斥责她之后，向中原道歉，"对不起。"

花惠双手捂着脸，然后趴了下来，她痛哭失声。仁科没有再责备她，一脸沉痛地低下了头。

中原用力吐了一口气。

"我完全能够理解你太太的心情，至于正确答案，我也答不上来，所以我不会要求你们怎么做。而且，我也曾经和井口小姐约定，我不会去报警。仁科先生，一切由你自己决定。"

仁科抬起头，惊讶地睁大了眼睛。

中原点了点头。

"无论你做出什么决定，我都不会有意见。杀人凶手该如何弥补这个问题，应该没有标准答案。在这个案例上，我会把你在苦思后得出的结论视为正确答案。"

仁科眨了眨眼睛后，简短地回答："是。"

中原把摊在茶几上的杂志收进公文包后站了起来。花惠仍然在哭，但已经听不到哭声了，只见她的后背微微颤抖着。

"打扰了。"中原走向门口。

他在玄关穿鞋子时，仁科走出来送他。

"那我就告辞了。"中原向他鞠了一躬。

"我想请教你一件事，"仁科说，"你知道她……沙织的电话吗？"

中原注视着对方真挚的眼神，拿出了手机："我当然知道。"

23

　　沙织回到家，在厨房操作台前倒了杯水喝了起来。她吐了一口气，回头看着桌上，那里有一个白色塑料袋，塑料袋里有一根晒衣绳。她在一百元商店找到了这根绳子。她双手空空地走出超市后，路过那家店，心血来潮地走了进去。

　　她在找绳子，想要找长度适中、坚固的绳子。

　　最后找到这根晒衣绳。从用途来看，散发出清洁感的鲜艳蓝色似乎不太适合，但她没有找到其他适合的绳子。

　　沙织把晒衣绳拿到收银台，付了钱后接了过来。这次她是买的。她为自己可以很自然地付钱购物感到高兴，觉得自己稍微正常一点了。

　　她拿出晒衣绳，长度有五米。虽然不太粗，但承受沙织一个人的体重应该不会断。

　　她环视室内，寻找是否有可以挂绳子的凸出部分。凸出部分必须很牢固，能够承受她的体重。

　　在室内环视一周后，她轻轻摇了摇头，在椅子上坐了下来。只要稍微想一下就知道，家里怎么可能刚好有符合要求的凸出部分。

她不由得厌恶满脑子只想到买绳子的自己。唉，无论什么事都做不好，根本没资格活在这个世上。

她茫然地看向客厅的矮柜。小相框内放了一张树海的相片。去了青木原的一个星期后，史也送给她这张相片，之后她一直放在相框内。

这是拯救你的唯一方法——耳边响起滨冈小夜子的话。在她说出二十一年前犯下的过错后，滨冈小夜子这么对她说。

即使现在也不迟，你要去自首。滨冈小夜子这么对她说。

"因为你没有认真面对自己的罪行，所以无法珍惜自己，赶快抛弃这种虚假的人生，去警局吧，我会陪你一起去。"

沙织知道她说的话很正确。从杀了婴儿的那天开始，沙织的人生就变了调，无论做什么事都不顺利，无法和任何人建立良好的人际关系。虽然有不少男人对她示好，但都是烂男人。

然而，一旦去自首，她只担心一件事。不用说，当然是仁科史也。沙织并不知道他目前在哪里，过着怎样的生活，但沙织去自首，就会追究他的罪责。

沙织把这份担心告诉了滨冈小夜子，她点了点头说："我知道了。那我去查仁科先生的下落，征求他的同意。他也同罪，所以要请他和你一起自首。"

史也会同意吗？沙织感到不安，但滨冈小夜子用强烈的口吻说："问题不在这里，因为杀了人，当然要偿还。如果他不自首，就会遭到逮捕，你根本不需要犹豫。"

滨冈小夜子的女儿曾经遭到杀害，所以她的话具有强烈的说服力。沙织回答："一切都交给你。"

两天后，她们一起去了青木原。因为滨冈小夜子说，她想去看看那里。还对沙织说，你也该去看一看。

最后决定按照和当年相同的路线前往。她们先去了富士宫，发现街道和以前很不一样。自从父亲去世后，沙织已经九年没有回富士宫了。当她告诉滨冈小夜子时，她问："你父亲年纪应该不大吧？是生病吗？"

"是火灾。"沙织回答，电暖器的火烧到窗帘，又延烧到墙壁。那天晚上，洋介参加完宴席回到家，在二楼睡着了。灭火后，发现了焦黑的尸体。

守灵夜时，沙织不顾众人的眼光，伤心地哭了，像少女般哭了。

她从来没有好好孝顺父亲。

洋介看到女儿多次割腕，担心地问她理由。沙织当然不可能告诉他实话，只说了一句"我觉得活着很无聊"。洋介当然无法接受，他想要带女儿去看精神科，沙织拼命反抗，抵死不从，然后离家出走，三天没有回家。回家之后，很少和洋介说话，父亲也很少主动和她说话。

沙织内心充满对父亲的亏欠——在洋介卖命工作时，自己做了身为人类最糟糕的事。沉溺性爱后怀孕，最后杀了婴儿，埋进土里。

她高中一毕业就去了东京，只为了逃离这里，逃离有着可怕记忆的这个城市。毫不知情的洋介在临别时对她说："只要你觉得能够找到生命的意义就好。"沙织去东京后，洋介也不时打电话给她，担心她生活费不够。

一年多后，她就不得不放弃美发师的梦想。她不敢告诉洋介，也隐瞒了在新宿的酒店上班的事。

她在二十四岁时结了婚，却无法让洋介看到她穿婚纱的样子。由于他们去夏威夷结婚，对方是比她大七岁的厨师，因为外表帅气，所以就爱上了他，但在共同生活后，发现对方是一个烂男人。他独占欲很强，爱钻牛角尖，而且动不动就打人。当他把刀子刺进沙织背上时，沙织以为自己会死在他手上。当时的伤痕至今仍然留在她背上。

她向洋介报告离婚的事时，父亲对她说，太好了。父亲说，第一次见到那个男人时，就觉得她找了一个不好的男人，很为她担心。

沙织希望下次可以找一个让洋介安心的对象，但这个愿望终究没有实现。沙织离婚半年后，父亲死于火灾。

一切都是自己的错。沙织心想。自己无法得到幸福、父亲用这种悲惨的方式走完人生，都是那时候杀了孩子的报应。

之后，她开始偷窃。

"所以你必须面对自己的罪行。"滨冈小夜子听完沙织的话后对她说。

来到史也家附近时，她心乱如麻，很担心万一他突然出现怎么办。滨冈小夜子似乎察觉了她的想法，对她说："你先回车站。"

沙织在车站等了一会儿后，滨冈小夜子出现了。

"我向左邻右舍打听了一下，查到了他的下落。他进了庆明大学医学院，毕业后就在附属医院上班。他很优秀嘛。"

医生。

　　沙织并不感到意外，他完全有可能成为医生，和自己完全不一样。

　　她们从富士宫车站搭公交车，之后又转了车，终于来到青木原。那天之后，沙织没有再来过这里。在散步道上走了一会儿，当时的记忆苏醒，一切就像是昨天才发生的。所有的记忆好像都保存在大脑特别的地方，似乎就是为了这一天的到来。

　　她们沿着散步道继续前进，然后停下了脚步。周围是郁郁苍苍的树木，沙织说，应该就在这一带。

　　"已经过了二十多年，你记得真清楚。"

　　"应该就在这里，"沙织指着茂密的树林说，"在这里正南方六十米的位置。"

　　滨冈小夜子点了点头，拿出相机，拍了几张周围的相片。

　　"虽然很想进去看看，但还是忍耐吧。一方面很危险，更何况应该交给警方来挖。外行人乱挖一通，万一破坏了证据就惨了。"

　　沙织想了一下，才明白滨冈小夜子说的证据是婴儿的尸骨。沙织注视着树林深处，当时孩子就埋在那里。

　　千头万绪突然涌上心头，她蹲了下来，双手撑在地上，泪水不停地滴落。

　　对不起，对不起，对不起——她向自己的孩子道歉，向投胎来到这个世界，却没有吃过母亲的一口奶，也没有被母亲抱过，就被父母夺走生命的可怜孩子道歉。

　　"我相信你也可以获得重生。"滨冈小夜子抚摸着她的背。

　　一个星期后，沙织接到了滨冈小夜子的电话。她在电话中说，找到了仁科史也，而且已经和他见过面了。

"因为我刚好发现一个可以顺利见到他的机会。我对他说了你的事，我猜想他应该会和我联络。虽然他好像很受打击，但感觉已经有了心理准备，应该不至于做奇怪的事。"

"奇怪的事是什么事？"沙织问。滨冈小夜子犹豫了一下后回答说：

"自杀。因为他有了地位和名誉，可能会因为担心失去这一切而选择死亡，我原本以为有这种可能，但我发现他不属于这种人。"

听到她这么说，沙织的内心再度产生了动摇。她为自己说出的一切对仁科史也的人生造成影响感到愧疚。

但是，已经无法回头了。滨冈小夜子隔天打电话给她，说约好要去史也家。

啊，终于——

史也可能会恨自己。沙织心想。因为原本约定这件事永远是只有他们两个人知道的秘密，自己单方面违背了承诺。告诉滨冈小夜子真的是正确的决定吗？如果说沙织完全没有后悔，当然是骗人的。

滨冈小夜子去见史也的那一天，她整天坐立难安，完全没有食欲，心跳不已，当然也请假没有去上班。

直到深夜，都没有接到滨冈小夜子的电话。因为她太担心了，所以就打了电话，但滨冈小夜子的手机打不通。

滨冈小夜子和史也之间发生了什么事吗？即使谈得很不顺利，不打一通电话未免太奇怪了。不安几乎把她压垮，即使上了床，也无法入睡。

沙织昏昏沉沉地躺在床上迎来了天亮，脖子上全是冷汗。

即使起床后也提不起劲做任何事，只是等待滨冈小夜子的联络。她想到可能滨冈小夜子的手机丢了，所以可能会直接来家里，于是，她也不敢出门去散心。

到了下午，时间一分一秒地过去。沙织没有好好吃饭，只是默默等在家里。除此以外，她不知道该怎么办。

下午五点多，玄关的门铃响了。她在门内问："请问是哪一位？"结果听到了一个意想不到的回答。

"我是滨冈女士的朋友，她托我转告你一些话。"门外传来一个男人沙哑的声音。

沙织打开门，一个陌生的矮个子老人站在门外，彬彬有礼地鞠了一躬。他手上拿着纸袋。

"我有东西想给你看，可以进屋谈吗？"

如果是平时，沙织可能会拒绝，但听到滨冈小夜子的名字，她失去了冷静的判断力，想要赶快知道滨冈小夜子托老人转达什么话，也想知道老人想给自己看什么。

她请老人进了屋。是不是该拿饮料给他喝？泡红茶或咖啡太费时了，冰箱里有瓶装茶饮料。

她心不在焉地想着这些事，老人从纸袋里拿出什么东西。她一时不知道那是什么。可能因为太突然了，一时反应不过来。

"不许出声，如果你敢出声，我只能杀了你。"老人说，他的态度和刚才完全不同，说话的语气很急迫，也很凶。

这时，沙织才意识到老人手上拿的是菜刀，而且刀上有血迹。

虽然老人叫她不许出声，但即使老人要她说话，恐怕她也做不到。

她既恐惧，又惊讶，全身僵住了，发声器官好像也麻痹了。

"我的……我的女儿，是仁科史也的老婆。"老人说。

女儿？老婆？虽然是很简单的字眼，但沙织搞不清楚这种人际关系，只知道这个老人和史也有关系。

"虽然很可怜，但我杀了那个叫滨冈的女人，昨天晚上，我杀了她。"

沙织听到这里，浑身汗毛都竖了起来。滨冈小夜子被杀了？为什么会有这种事？她完全无法相信。沙织站在那里，摇着头，还是无法发出声音。

"警方已经开始侦查了，我不会逃，会让他们找到我，但是在此之前，我必须先做一件事。"他手上的刀子上下移动着，虽然上面沾到了血，但金属部分仍发出可怕的光。

为什么要杀滨冈女士——沙织语带呻吟地问。

"因为只能让她死，"老人扭曲着脸，"我女婿真是好得没话说，是正人君子，多亏了他，我女儿才能得到幸福。不光是我女儿，他甚至愿意照顾我这种人渣。你知道如果他离开了，会给多少人造成困扰吗？杀了二十多年前因为年轻无知而生下的孩子又怎么样？这和堕胎有什么两样？到底造成了谁的困扰？让谁伤心了？婴儿的遗族是谁？虽然你们是加害者，但遗族也只有你们两个人。除了你们以外，没有人知道那个婴儿的事，也只有你们为那个孩子感到难过，却要我女婿因为这种事进监狱？要他离开家人去坐牢吗？这到底有什么意义？告诉我，即使你现在自首去监狱，到底有什么好处？只是为了求心安罢了。"

老人像放连珠炮似的说道，沙织无言以对。她并没有仔细想过史也目前过着怎样的生活，也不知道自首进监狱后有什么好处。因为这是日本法律的规定，所以她以为只能用这种方法面对自己的罪行，但她没有自信可以明确说出这到底是自己的意思，还是滨冈小夜子灌输给她的想法。

早知道不应该告诉滨冈小夜子。她后悔不已。应该把这个秘密带进坟墓。

沙织双腿一软，坐在地上，双手抱着头。自己犯了大错，犯了无可挽回的错误，自责的念头在她脑海中翻腾。

"不好意思，你也必须死，"老人走到她面前，"在此之前，你要先告诉我。除了滨冈以外，你还有没有把婴儿的事告诉别人？如果有的话，我也必须去找他们。"

沙织用力摇头回答说，没有告诉其他任何人，然后哭着说，早知道不应该告诉滨冈小夜子，如果自己没有说，就不会造成这样的结果，一切都是自己的错。

"你可以杀了我，"沙织哭着对老人说，"我终于知道，我活在世上会给很多人带来困扰。如果滨冈女士不认识我，就不会死，你也不会成为杀人凶手。全都是我的错，所以我死了最好，请你杀了我。"

看到她已经做好了赴死的准备，老人反而有点害怕。他握着菜刀低声吼着，但并没有继续靠近。

沙织反过来问他："你怎么了？"

老人没有说话，喘着粗气，随即问她：

"你愿意保证吗？你愿意保证到死之前，都不对任何人再提婴儿的事吗？也愿意完全不提和史也之间的事吗？如果你愿意保证，我马上就离开，不会碰你一根手指头。"

沙织看着老人的眼睛，发现他眼中并没有疯狂，而是露出求助的眼神。于是终于知道，他并不想要杀人，他也是游走在生死边缘的人。

沙织点了点头，回答说："我向你保证。"

"真的吗？没有骗我吧？"老人再次确认。

沙织再次告诉他，没有骗他。即使现在说谎活了下来，之后去报警，对任何人都没有好处，只会让更多人不幸。她不想做这种事。

老人似乎相信了她，点了点头，把菜刀放回纸袋。

"不要告诉任何人，我来过这里。"老人说完就离开了。

沙织站在原地无法动弹，无法相信这一切是真实的，但老人手上那把菜刀发出暗淡的光，却深深地烙印在她眼中。

她上网看新闻，确认了老人所说的属实。一名女性在江东区木场的路边被刺杀身亡——一定就是这则新闻。她又从隔天的新闻中得知了老人自首的消息。

内心的歉意让她越来越沮丧。那个老人恐怕会被关进监狱，他的女儿和他的女婿仁科史也也会成为加害人的家属，承受很多苦难。

而且——

悲剧并没有结束。那个姓中原的人采取的行动，很可能让悲剧继续延续。

沙织又拿起放在桌上的晒衣绳。既然无法受到法律制裁，只能自己亲手了断。

她再度环视室内，目光终于停在厕所门上。

她想起之前曾经有音乐人用门把上吊身亡的消息。虽然不知道是自杀还是意外，但那个音乐人的确死了。怎样用门把上吊？

沙织注视着门把，突然想到一个好主意。她走到门旁，把绳子的一端绑在内侧门把上，把剩下的绳子绕过门的上方，在另一侧用力拉了一下，绳子完全不动。

这样就没问题了。沙织心想。她把垂下的绳子绕了一个环，为了避免松脱，绑了好几个结。

她把椅子搬到门前，站在椅子上，把脖子套进绳环内。

是不是该写遗书？这个想法掠过她的脑海，但她立刻打消了这个念头。事到如今，到底要写什么？正因为无法留下任何东西，所以才会选择走这条路。

她闭上眼睛，回想起二十一年前的可怕景象。她和史也两个人杀了婴儿，双手感受着婴儿身体的温度，做了残酷的事。

对不起，妈妈现在就去向你道歉——她跳下椅子。

她感到颈动脉被勒紧，自己的一生就这样画上了句号。正当她这么想的时候，整个人掉了下来，她一屁股坐在地上，同时感到脖子完全放松。她不知道发生了什么事，看着周围。

晒衣绳掉了下来。刚才绑在门把上的那一端松脱了。沙织无力地垂下头，自己什么事都做不好，就连上吊也无法一次成功。

她站起来，重新把绳子绑在门把上，拉了好几次，确认不会松脱。这次应该没问题了。

　　她像刚才一样，把打了一个环的绳子绕过门的上方后垂了下来，正当她打算站上椅子时，手机响了。啊，对了，应该是打工的色情按摩店打来的，今天并没有打电话去请假。

　　沙织拿起手机，想要关机，发现手机上显示了一个陌生的号码。她有点在意，接起了电话。

　　"喂？"

　　"啊……喂？请问是井口沙织小姐吗？"一个男人的声音问道，低沉的声音很有力。

　　"是——"她在回答时，感到一阵慌乱。这个声音很熟悉，自己对声音的主人很熟悉……

　　对方停顿了一下说："我是仁科史也。"

　　"哦。"沙织回答，她的心跳加速。

　　"我有些话无论如何都要告诉你，你愿意和我见面吗？"

　　沙织握紧电话，看向厕所门。她看着绑在门把上的绳子，觉得刚才也许是在那个世界的婴儿让绳子松脱了。

24

　　中原打开纸箱，身体忍不住向后仰。虽然他做好了心理准备，但实际看到时，发现比他想象的更震撼。大约有男人的手腕那么粗，长度大约有两米，白黑斑驳的图案很鲜艳，那是一条加州王蛇。

　　"它死亡的原因是？"他问饲主。

　　"不知道，我发现时，它就不动了。我朋友看了，说可能已经死了。"饲主是一位二十出头的女人，染了一头褐发，眼妆很夸张，每根手指都涂着色彩鲜艳的指甲油。

　　"是你养的吗？"

　　"嗯，有点复杂。原本是我男朋友养的，但他最近搬走了。"

　　"所以由你负责照顾吗？"

　　"我……没有照顾，没有喂它吃饲料，就放在水族箱里，好几天都没回家，结果回家一看，它就不动了。"

　　"原来是这样。"中原只能这样回答。他已经多次见识过缺德的人饲养宠物的悲剧，懒得再多说什么。

　　"你打算举办怎样的葬礼？"

　　"也不用举办葬礼，只要你们能够帮忙处理就好。这里会帮忙把它烧掉吧？”

"我们会进行火葬。"

"那就这么办吧。"

"遗骨呢？"

"遗骨？"

"就是骨灰，你要带回去吗？"

"啊！我不要，我不要，请你们丢掉就好。"

"那就和其他饲物一起焚烧吗？"

"焚烧？"

"就是火葬。"

"火葬的话，我要做什么？"

"会在共同祭坛合祭，你也可以参加。"中原在说明的同时，猜想她可能听不懂"合祭"的意思。

"你说我可以参加，就代表也可以不参加吧，所以我可以走了？"

"当然。"

"好，那就这么办，就选那个。太好了，不会太麻烦。"她发自内心地松了一口气。

中原告诉自己，她愿意把遗体送来这里就算不错了。有些无良的饲主会把遗体当成可燃垃圾一起丢掉。

他向神田亮子招手，说明情况后，由她接手处理。她露出略微不悦的表情。虽然她喜欢动物，但蛇是例外。

又有人从大门走了进来。中原抬头一看，立刻倒吸了一口气。佐山向他轻轻挥了挥手。

中原带着佐山去了三楼的办公室，还是用茶包为他泡了日本茶。

"之后的情况怎么样？"中原问。

佐山喝了口茶，皱起眉头。

"正为了找证据忙得焦头烂额，因为你的关系，一切又回到了原点。"

"造成了你们的困扰吗？"

佐山放下茶杯，耸了耸肩。

"接下来才要开始大忙，案情的内容完全不一样了，在审判时争论的焦点也和之前属于不同的层次。我们警方只需要找出客观的事实，但审判时如何看这些事实，就变得很重要。"

中原点了点头："应该是。"

中原去仁科家三天后，仁科史也和井口沙织一起去自首了。中原不知道他们之间谈了什么，八成是仁科主动联络了她。

佐山来向中原确认相关事实，可能仁科和井口也说了被中原揭露的过去。

"谢谢你借我这个。"佐山从皮包里拿出刊登了偷窃瘾报道的杂志，上次来向中原了解情况时，把这本杂志借走了。

"不知道审判会怎么样。"

"谁知道呢，"佐山偏着头，"町村作造的律师精神大振。如果是抢劫杀人，一定会被判处无期徒刑，但如果是为了隐瞒女婿的罪行，就有酌情减轻量刑的余地，他可能会争取十年有期徒刑。"

听了佐山的话，中原的心情很复杂。

"太讽刺了，小夜子的父母希望凶手被判死刑，但我揭露了真相，反而远离了死刑。"

中原曾经为这件事去向里江和宗一道歉，说自己可能太多事，反而弄巧成拙了。

但是，他们并没有生气，异口同声地说，很高兴知道真相，只是对法官判处凶手的刑期可能缩短产生了强烈的疑问。

这和动机没有关系，无论是基于何种理由杀人，遗族都无法摆脱伤痛，所以，他们仍然期待凶手可以被判处死刑——他们对中原这么说。

"刑罚充满了矛盾，"佐山说，"静冈县警传来消息，在那个地方什么也没找到。"

"那个地方是……"

"青木原，他们埋葬婴儿的地方。他们的证词一致，虽然是在树海这个特殊的地方，但听起来位置应该很明确，静冈县警在大范围调查，仍然一无所获。"

"怎么会这样？已经变成泥土了吗？"

"不，"佐山摇了摇头，"即使是婴儿，二十年的时间还不至于变成泥土。毕竟是树海，有很多野生动物出没，很可能被那些野生动物挖出来了。"

"如果一直没有找到……"

"案子恐怕就很难成立。因为无法证明他们杀了婴儿，所以很可能做出不起诉处分。至于町村的案子，就会以二十一年前曾经发生过命案的前提进行审判。"

中原看着刑警的脸说："的确充满矛盾。"

"也许这代表了人终究无法做出完美的审判。"

佐山站了起来，说了声"打扰了"就离开了。

中原目送刑警离开后，走到窗边，看着楼下。神田亮子正抱着纸箱走向火葬场。

中原想起井口沙织的家里放了树海的相片。对她来说，那张相片才是珍贵的遗骨吧。

〈完〉